딴바르의 선물

박성옥 글 · 김천정 그림

삶의 새 지표

김도현

(영국 세필드대학교(Univ. of Sheffield)철학박사 · 서울 기독대학교 교수)

이 글은 철학을 연구하는 제게 뜻밖의 무거운 논제를 던져 주었습니다. 동화 같은 분위기로 다가와서, 오히려 사람들이 잊고 사는 천지만물을 주관하는 전능자의 뜻을 돌아보게 하는 논리로 가슴을 두드렸습니다.

열세 살의 어린 주인공이 자신이 처한 어려운 상황에 주저앉지 않고 치열하게 논쟁하는 것이 무리한 듯이 느껴져도, 태중(胎中)에서부터 집중되는 요즘 교육의 무한 가능으로 받아들일 수 있었습니다.

글 쓰신 분은 어린이교육에 40년 동안 몸 담으셨던 연로하신 분입니다. 하지만 모든 열정을 기울인 그곳에 작은 흔적도 남겨두지 못한 회한을 품어서, 기념처럼 이 글을 쓰게 되었다고 했습니다.

얼마나 아이들을 사랑하셨을까? 그 분의 최선(最善)이 마음에 그려지고, 또 눈길 이상의 엄위(嚴威)에 숨을 죽이시는 그 분의 철학이 철학자로 자부하는 제 마음도 숨죽이게 했습니다.

또한 세계적 문학작품인 생텍쥐베리의 '어린왕자'가 연상되었습니다. 글 쓰신 연로하신 분의 상상력이, 자연사물과 자연스럽게 대화를 나눈 '어린왕자'의 내용에 대비되어서, 백세시대의 노인들 삶의 새 지표를 보여주는 것 같았습니다.

추천하는 짧은 글로 이 글이 던져 놓은 논제를 어찌 다 만져서 표현하겠습니까? 다만 이 글을 읽는 독자들에게 넘겨진 몫으로 느끼며, 저부터 이 글을 눈앞에 가꾸도록 던져진 넓은 밭으로 받아들이며, 다시 한번 글쓴이에게 감사드립니다.

박성옥 글

따바르의 선물

따바르의 선물

민영이는 2박 3일의 여름 캠프를 마치고 집으로 가고 있습니다. 곤히 잠든 아이들을 태운 버스가 한낮의 열기 때문에 지친 소리를 그르릉 그르릉 뱉으며 달립니다.

그래도 버스 안은 서늘합니다. 엄마 같은 마음이 된 버스가 쉴 새 없이 차가운 공기를 뿜어주기 때문입니다.

하지만 버스는 캠프를 떠나던 첫날 같은 아이들의 개궂이 그리운지, 자꾸 몸을 비틀어서 아이들을 깨우려고 합니다. 하지만 아이들은 눈 뜰 생각 없이 고개만 이쪽저쪽으로 돌립니다.

그런데 민영이는 혼자 깨어 있습니다. 버스가 떠날 때의 자세대로 창밖만 바라봅니다. 민영이의 눈길을 발견한 산과 들이 버스의 창에 매달려서, 산에서 익는 머루 이야기와 농부의 땀 밴 베적삼 이야기를 들려주지만, 민영이는 그 속삭임을 듣지 못합니다. 오직 지난 밤에 나타난 '르아피'만을 눈안 가득 담고 있습니다.

"난 네 육신에 가려서 어둠으로 있던 네 영(靈)이야. 네 마음에 품은 슬픔의 이유를 알게 해 달라고 오랫동안 신께 소원한 간절함이 마침내 날 불러 내었지."

뜻밖의 상황이 눈앞에 벌어졌습니다. 언제 거기에 있었는지, 어둠을 빛줄기로 맑게 비추는 빛살이 눈에 보이고, 귀에 들린 그 소리가 빛살이 뱉은 소리인 것을 민영이가 직감했습니다.

– 설마. 이 빛살이 말을 했을까? 그런데 여기는 지금 나 혼자뿐이고, 이 빛살만 눈에 보이는 이 상황이 뭐지? 내 영? 사람에게 영(靈)이 있는 건 나도 알아. 하지만 영이 이런 빛살일 줄은 상상 못했어. 영이 육신에 가려서 어둠으로 있었다는 말은 알 것 같지만, 내가 품은 슬픔의 이유를 알게 해달라고 빌었던 간절함이 영을 불러내게

되었다는 말은 오히려 두려운 일 같아. —

분명하게 귀에 들린 말인데도 알 길 없다고 느낀 민영이는 단박 두려움에 빠졌습니다. 말의 뜻이야 알아듣는다지만, 오히려 생전 처음 들어보는 낯선 낱말을 들은 듯이 벙벙했습니다. 뭔지 감당하기 어려운 일이 닥쳤다고 느껴서 온 몸이 싸늘하게 굳었습니다.

눈도 코도 입도 없이 그냥 작은 공간을 맑게 비추는 빛살의 말이 민영이의 머릿속을 하얗게 했습니다. 생각이 뚝 멈춘 막연한 눈빛으로 빛살을 바라보았습니다.

그런데 이상했습니다. 처음 볼 때 연두색 형광 빛이던 빛살이 어느새 싸늘한 파란색으로 변해서 맑은 빛줄기를 줄기줄기 뿜었습니다

"그렇게 나를 살피려고 하지 마. 난 네 마음에 따라서 변하는 네 마음의 빛깔이야. 사람이 하늘을 녹일 만큼의 간절함을 품을 때 영은 절로 두드러지고, 어둡게 닫힌 문이 빼꼼히 열리기도 하지만, 거기서 더 전진을 못하면 영은 곧 다시 어둠이 되지. 넌 어릴 때부터 하늘을 녹일 만큼의 간절함을 품어 왔어. 하지만 그보다 네게 있는 착한 마음이 더 대단했지. 그래서 널 도우려고 나타난

거야. 그러니까 내가 하는 말을 듣고 따라서 네가 알고 싶어 한 답을 찾을 수 있기를 바래.”

…………!!

그런데 민영이의 표정이 어두웠습니다. 들리는 말의 뜻이 뭔지 모르는 것보다 눈 앞의 빛살이 악령(惡靈)일지 모른다는 두려운 생각이 앞섰습니다. 그래서 섣불리 대꾸를 못 하는데, 빛살이 말을 계속 했습니다.

“넌 자신의 얼굴이 남과 다르다고 느껴서 슬펐어. 그렇게 태어난 이유를 알게 해달라고 신께 매달렸지. 그 간절함이 마침내 날 불러내었을지라도 이제부터가 쉽지 않을 거야!”

그런데 정작 민영이는 빛살의 말을 귓등으로 듣고 있었습니다. 빛살이 던진 한 마디 말에 마음이 단박 붙들려서 생각이 딴 데로 흘렀습니다.

– 내게 있는 착한 마음? 난 착하다는 소리가 정말 싫어. 나도 남들처럼 내 기분이나 의견을 마음껏 표현하며 살고 싶어. 못 생겼다고 무시하는 애들에게 한방 주먹을 날려주고 싶은 게 내 진짜 마음이야! –

그런데 빛살의 맑은 빛이 갑자기 흐려지며 가물가물 흔

들렸습니다.

"넌 지금 딴 생각을 하고 있어. 그럼 어떻게 널 돕지? 육신의 눈으로만 사는 많은 사람들이 영의 눈으로 보는 것을 아득히 잊었지. 그래서 슬픔과 절망에 몰렸을 때 해결의 길을 찾지 못하고, 슬픈 대로 낙심한 대로 살 뿐이었어. 그런데 넌 달랐지. 슬픔을 체념하기보다 그 원인을 알게 해달라고 신께 빌었어. 그렇게 날 불러내었

는데, 이제 와서 외면하면 돼? 그럼 너도 결국 슬픈 대로 살다가 스러지게 될 텐데 괜찮아?"

아~~! 민영이는 빛살이 가물가물 흔들린 것이 사라지려는 신호였던 걸 비로소 알았습니다. 그래서 마음이 다급했습니다. 아직 뭐가 뭔지 알 길이 없지만, 어쩌면 뜻밖의 좋은 기회가 온 듯 느낀 때문입니다.

"미안해! 내가 잠시 딴 생각을 했어. 그런데 내가 네 말을 따르면, 날 도울 길이 있는 거야?"

민영이가 대구를 하자, 빛살이 단박 맑은 빛을 줄기줄기 뿜으며 말을 계속했습니다.

빛살이 이상하게 추론(推論)이라는 낯선 낱말을 강조해서 설명했습니다. 사람의 생각 중에 생명력을 지닌 것도 있는데, 그 생각을 생각만으로 멈추지 않고, 더 깊이 파고들어서 구체적으로 펼치는 일이 추론이라고 했습니다.

"넌 단순히 알고 싶은 욕심으로 영에 눈길을 꽂았지만, 너무나 간절해서 마침내 영을 두드리게 되었지. 그렇게 키운 그 눈길로 영으로 보고 찾는 훈련을 할 거야. 사람들의 생각 속에는 쓸모를 다해서 빈 껍질로 남은 것도 있지. 그런데 사람들이 그걸 깨닫지 못하고 백년이고 천 년이고 그 허상(虛像)에 매어서 살아. 너도 그렇게 허상을 붙잡고 있는 게 있어. 하지만 네가 알고 싶어 한 답을 찾기 위해선, 먼저 그 허상을 깨고 영의 눈으로 사물을 볼 수 있어야 해. 그래서 그 훈련을 이제 할 텐데, 먼저 나를 믿어야 실패하지 않을 거야."

빛살의 말은 어려웠습니다. 육신의 시각 너머로 눈에 보이지 않는 것을 바라보는 게 영(靈)을 만나는 길이고, 육신에 묶이지 않는 그 출발이 알지 못했던 참 답을 찾게 해준다고 했습니다.

그래서 의심을 버리는 일이 무척 중요하다고 했습니다.

하지만 고즈넉한 그 밤, 도무지 상상이 닿지 않을 상황으로 나타나서, 묘하게 가슴에 꽂혀드는 음성으로 뱉는 알 수 없는 말들… 그 말 그대로 믿고 따르기에는 뭔지 망설임이 앞섰습니다.

아니, 민영이의 마음은 진작부터 원인 모르게 쏟아지는 불벼락을 맞고 있는 기분이었습니다. 목줄이 빳빳이 굳어서 숨이 막혔고, 가슴도 아프도록 옥죄었습니다.

그런데 빛살이 협박 같은 말을 던졌습니다.

"고통을 잘 견딘 점이 특별해서 날 만났더라도, 마음을 다하는 전진이 아니면, 난 곧 이전의 어둠으로 되돌아가고, 넌 슬픔을 내려놓을 기회를 영영 잃게 될 거야. 그러니까 네 마음에 스미는 의심을 버려!"

– 의심을 버리라고? 어떻게 이 상황을 의심 없이 받아들여. –

알 듯 말 듯 교묘하게 언어를 꼬아서, 어떤 흉계 속으로 유혹하는 것 같은데, 놈은 벌써 날 세운 손톱을 하늘 높이 처들고 민영이를 노려서 잔인한 미소를 짓고 있는 듯했습니다. 아니, 이미 머리꼭지에 그 손톱을 박은 것처럼 민영이 머리꼭지에서 갑자기 심한 통증이 일었습니다.

민영이는 정신을 차리려고 안간힘을 썼습니다. 눈길에 힘을 주고, 귀에 들리는 빛살의 말들을 마음속 칼날로 낱낱이 베었습니다. 놈의 말에서 간교한 술책을 찾는 순간 벼락같이 소리를 쳐서 놈을 물리칠 마음을 그렇게 별렀습니다.

민영이는 지금까지 누구와 맞서 다툰 일이 없습니다. 언제나 먼저 양보를 했고, 의견이 다를 때에도 고집을 부려서 자기 주장을 해 볼 생각을 아예 마음에 품지 않았습니다.

하지만 이 밤의 위기는 그런 지난 날들과 다르다고 생각했습니다. 정말 놈이 악령(惡靈)이라면 어찌 순순히 놈에게 붙잡혀 끌려가겠느냐고… 죽을 힘을 다해서 맞버틸 각오였습니다.

그렇게 이를 악무는데, 묘하게도 빛살이 던진 한 마디 말이 민영이의 머리털 끝에 대롱대롱 매달려서 잡은 손끝을 풀지 않았습니다.

"대부분 사람들의 실패가 옳다고 믿는 자신의 낡은 의식에 붙잡힌 때문이었지. 이미 쓸모를 잃은 껍질이어도 그걸 의식 못하는 고집이었어."

다짐하며 벼르는 마음처럼 맞서지 못하는 이유가 바로 그 때문이었습니다. 죽을 힘을 다해서 버티겠다는 생각이, 혹 그 낡은 의식이고 고집은 아닌지 문득 자신을 믿지 못했습니다.

어쩌면 자신도 다른 사람들처럼 낡은 생각에 붙잡힌 것인지도 모른다는 생각으로 갈팡거리는데, 뜬금없이 가슴 깊이 감춘 슬픔이 뭉클 치솟아서 목 밑에 울음을 채웠습니다.

　들고 보고 생각하는 감각에 이상이 있는 민영이가 아닙니다. 다만, 눈과 코와 입이 남과 조금 다르게 배열된 슬픔입니다. 그런데 그렇게 느끼는 땅에서 굳은 낡은 의식이면, 당장 그따위 생각을 버려서 빛살의 말을 따라야 될 것 같은데, 이상하게도 민영이의 마음 한 편이 놈에게 고집으로라도 맞서고 싶었습니다. 자꾸 의지를 가로 막아서 머뭇거리게 하는 그 감정은 또 뭔지. 스스로 분별이 되지 않는 혼돈에 빠져서 머리가 어지러웠습니다.

　사실 민영이는 엄마에게조차 자신의 슬픔을 털어놓지 못했습니다. 빛살이 말한, 견디기 어려운 고통을 잘 참고 견뎠다는 것이 그 점을 칭찬하는 듯 싶지만, 그건 수없이 되풀이 생각을 해도, 민영이로썬 도무지 어째볼 도리가 없던~ 단지 살아있어서 쉬어진 슬픈 호흡이었다는 생각이었습니다.
　그런데 빛살이 생각 틈으로 끼어들었습니다.
　"어쩔 도리가 없다고 느끼며 견디는 참음이 특별했어.

여섯 살 무렵에 처음 느낀 듯싶겠지만, 넌 그 이전에 자신의 얼굴이 정상이 아닌 걸 느꼈어. 어린 그 나이에 슬픔을 가슴에 묻고 혼자 견딘 것은 어른도 해내기 힘든 일이었지. 그래선지 넌 나이에 어울리지 않게 사람들의 삶에 의문을 품었어. 하나님이 일방적으로 부여하시고, 묵묵히 지켜보시기만 한다고 느꼈지. 그래서 지켜보시는 관점이 뭐냐고. 하늘을 뚫을 것처럼 날카롭게 의문을 던졌어."

– 맞아. 그랬어. 하지만 답이 너무나 뻔했어. 투정조차 버리고 사는 것이 지혜일 것 같은 일방적인 답만 보였거든. 그래서 억울했어. 그 답이 너무 불공평해서 살갗이 마구 떨렸어. 하나님은 왜 그런 불공평을 내리시고 침묵을 하시는지. 하지만 돌려서 드는 다른 생각도 있었어. 당장은 알지 못해도 뭔가 다른 답이 있을 것 같았어. 그래서 그 답을 알게 해 달라고 조르고 졸랐지. –

"그 답을 찾도록 돕는 것이 내가 맡은 역할이야. 그러니까 의심을 버리고 나를 따라 봐. 우리가 만난 자체가 놀라운 기회니까!"

어허! 빛살은 정말 민영이의 영 같았습니다. 민영이가

혼자 생각하는 것을 단박 알아채고, 민영이에게 다시 질문을 던지며, 자신의 이름이 '르아피'라고도 알려 주었습니다.

"이제 네가 마음을 조금 열었어. 하지만 이제부터가 더 어려울 거야. 지금까지 옳다고 여겨온 답일지라도 정 반대의 방향으로 생각을 돌려서 답을 찾는 연습인데, 시작부터 거부감을 느낄 수 있어. 그래도 생각을 활짝 열어서 날 따라줘. 먼저 질문 하나를 할게. 너는 땅에 널린 흙을 뭐로 보니?"

– 흙? 흙이 흙이지. 다른 답이 있나? –

"넌 흙을 흙으로만 보았어. 그래서 다른 답이 없다고 생각하지. 그럼 흙을 네가 느낀 그 관점 말고 달리 볼 점은 없을까?"

– 흙은 무생물이고 무기질이야. 하지만⋯ 모든 생물에게 생명을 주는 점으로 보면 어머니와도 같지. 그럼 그 점으로 생물체로 볼 수도 있을까? –

"너답게 생각을 잘 펼쳤어. 누구나 그쯤의 생각은 쉽게 펼쳐갈 것 같지만, 그게 쉽지가 않아. 너니까 그 정도의 생각 전환을 보였지. 그래서 첫 관문을 무사히 통과했어.”

– 그 질문이 첫 관문이었다고? 난 별 생각 없이 반대가 될 생각을 해 본 것 뿐인데. –

그렇게 믿고 있는 기존 생각의 반대 쪽을 살피는 것이 추론(推論)의 출발이며, 낡은 의식을 버리는 그 출발이 무한의 미지(未知)로 발돋움을 하게 한다고 했습니다.

- 추론이 그렇게 대단한 거였어? 하지만 사람들은 늘 추론을 하면서 사는 것 같은데. 하지만 대부분 생각으로 멈출 때가 많아서 싹을 틔우지 못하는 걸까? 문득문득 떠오르는 좋은 생각도 구체적으로 펼치기가 어렵고, 사람들은 그런 사실조차 의식 못하고 사는 걸 거고. -

민영이는 르아피가 설명한 추론을 대충 그렇게 이해했습니다. 그래서 생각을 구체적으로 펼치는 일이 중요할 것 같았습니다. 하지만 문득 두려움으로 떠오르는 생각이 있었습니다. 그렇게 좋은 추론도 잘못 펼치면, 자칫 범하지 말아야 할 영역에까지 치고 들어 갈 수가 있을 것 같았습니다. 그리 되면 회복 못 할 큰 과오를 저지르게 될 것 같은.

그래서 민영이는 자신의 의식부터 점검을 해보고 싶었습니다.

너무 슬프고 아파서 비명 짓고 앙탈도 했던 지난 시간들! 하지만 되돌아보니 그건 그냥 슬픈 비명이었지, 감히 사람이 치달아서 안될 영역에까지 도전을 했던 것이 아닌 것을 확인할 수가 있었습니다.

하지만 르아피가 건드린 마음의 혼란이 가슴팍에서 피

돌기를 하고 있었습니다. 마음 깊숙이 눌러서 숨긴 통증이 문득 되살아나서 숨통을 턱 턱 가로 막고, 어느새 등판에 땀이 솟아서 줄기를 만들어 줄줄 흘렸습니다.

칠흑같이 어둔 밤, 밤을 잊고 우는 매미소리가 마음을 스산하게 하는데, 혼자 우는 듯하던 소리가 갑자기 천 마리가 우는 소리로 변해서 민영이의 귀를 가득 채웠습니다.

민영이는 두 손으로 귀를 막고 머리를 무릎 속에 묻어서 매미소리를 지웠습니다. 그런데 엉뚱하게도 또 다른 소리가 귀를 때렸습니다.

– "난 착하게 살고 싶었어. 내게 있는 좋은 점을 사람들에게 보여서 인정 받기를 소원했어. 그런데 이 밤, 난 아무 것도 이루지 못한 채로 이 나쁜 영(靈)에게 붙잡혀서 죽게 되나 봐. 그럼 울 엄마는 어쩌지? 나 없이 엄마 혼자 살라고? 안 돼. 난 지금 이렇게 죽을 수 없어. 하나님, 도와주세요. 제발 이 나쁜 놈을 물리쳐주세요!" –

이상했습니다. 입으로 뱉지 않는 머릿속 생각이 제멋대로 목소리로 변해서 민영이의 귀를 때렸습니다. 벌써 산등성을 타고 하늘로 오르고 있었습니다.

왠지 그 소리를 놓치면 안 될 것 같은 마음으로 다급해진 민영이 입에서 절로 신음소리가 나왔습니다. 눈물까지 왈칵 솟는데, 문득 슬픔에 잠긴 엄마의 얼굴이 허공에 떴습니다.

"울고 싶으면 울어. 하지만 나를 악령으로 생각하고, 죽음으로 끌려가게 된 듯이 느끼는 건 너답지 않아. 그렇게까지 날 받아들이기가 힘들어?"

갑자기 귀를 때리는 르아피의 소리에 민영이가 화들짝 놀랐습니다. 그리고 슬픔에 잠기던 마음을 급히 추슬렀습니다. 어느새 르아피가 무겁고 칙칙한 빛깔로 변해 있었습니다.

민영이는 자신도 모르게 어둔 생각에 빠졌던 것을 깨달았습니다. 그래서 머리통을 스스로 때려서 마음의 어둠을 지우려고 했습니다. 그랬더니 오히려 빛살이 악령이 아닐 것 같고도, 뜻밖의 좋은 기회가 온 듯이 느꼈습니다.

그래서일까? 민영이는 자신도 모르게 입 안에서 맴돌던 말을 불쑥 던졌습니다.

"넌 정말 내 영이지? 그래서 내가 아파해 온 문제를 아는 거고, 내가 태어나기 전의 일도 알고 있겠지? 난 그 때의 일이 궁금해!"

기어코 가슴 속의 오랜 불길을 입밖으로 뱉었습니다. 이런 용모로 태어 난 이유를 알고, 사람들이 천 차 만 차로 사는 까닭까지 알게 된다면, 더는 물을 것도 따질 것도 없을 것 같은 마음이었습니다.

"그 문제가 네게 절실했던 걸 알아. 하지만 내가 너와 따로 분리되는 독립체(獨立體) 같아? 난 그냥 네 생각이고, 네가 찾지 않으면 육신의 틀에 가려 있는 어둠일 뿐이야. 그래서 네 궁금증을 다 풀어주지 못해. 다만 나의 역할이 널 깨우는 일이지. 바라보지 못했던 곳으로 네 눈길을 이끌어서, 너 스스로 의문을 풀고, 삶의 방향도 새롭게 찾으며, 네게 있는 고운 점을 마음껏 발휘하게 하는 역할이야. 그래서 나는 네게 대단한 기회인 거야!"

그런데 민영이가 갑자기 화를 내었습니다.

"날 깨운다고? 옳다고 믿어온 생각들을 바꿔서, 반대쪽으로 답을 찾는 것? 그게 왜 필요한데? 난 태어나기 전의 일이 궁금할 뿐이야. 그것도 풀어주지 못하는 너를 내가 왜 믿고 따라야 하는데?"

그렇게 강하게 거부하는데, 르아피는 오히려 정색을 하

듯이 더욱 맑게 빛을 뿌리며 설명을 했습니다.

사람의 마음이 토양(土壤)이고, 사람이 품는 생명력 있는 생각은 토양에 뿌려지는 씨앗이어서, 추론으로 가꾸어지며 새로운 열매를 거두게 한다고 했습니다.

알 듯 말 듯… 힘겨운 말들에 지치는 민영이는 점점 더 두려움에 빠졌습니다. 심장이 옥죄어서 통증이 일고, 두려움에서 벗어나고 싶은 목마름이 입 속을 태웠습니다. 또르아피가 뿜는 맑은 빛살까지 자신에게 쏟아지는 화살같이 느껴져서, 아예 어둠 속에 숨듯이 눈을 감았습니다.

그런데 캄캄해진 사면이 갑자기 잔인한 손길로 변했습니다. 어디에 숨어 있었는지, 어둠보다 더 짙은 커다란 그림자가 우뚝 일어나서 민영이를 통째로 허공 높이 들었다고 느끼는 민영이가 죽기 살기로 몸부림을 쳤습니다.

"난 몰라. 제발 날 놓아 줘!"

꼬르륵 숨이 넘어간다고 느낀 순간, 민영이는 부서질 듯이 흔들리는 빛살을 보았습니다. 떨려서 울리는 그의 목소리도 들었습니다.

"이대론 내게 방법이 없겠어. 도리 없이 이전의 어둠으

로 되돌아가겠지만, 네 아픔이 이전 보다 훨씬 클 거
야!"

한숨을 뱉는 것처럼 말을 던진 르아피가 어둠 속에 몸을
감추고 있었습니다. 그래서 민영이가 다급히 외쳤습니다.

"안 돼~, 네 말을 따를 테니까, 가지 말고 다음 과정을
말해 봐!"

그러자 르아피가 대뜸 빛을 모아서 나타나 연초록의 형
광 빛을 뿌렸습니다.

"먼저 네 마음의 두려움과 의심을 버려. 그래야 다음 과
정을 통과할 수 있어!"

그런데 빛살이 말하는 다음 과정이 처음과 다를 게 없었
습니다. 다만 거꾸로 살펴서 찾은 답이 도무지 답으로 여
겨지지 않더라도, 그 답이 옳을 수 있는 근거와 또 그 답
을 반박할 이유까지 세 가지 씩 꼭 찾으라고 했습니다.

"그것이 묵은 의식을 바꾸는 과정이라 쉽지 않을 거야.
하지만 할 수 없다고 미리 단정하지는 마. 그런 성급한
포기가 정말 실패로 점을 찍는 일이 될 테니까."

그리고 갑자기 빛살이 몸을 키우듯이 밝아졌습니다. 그
것이 긴장을 하는 모습이 느껴져서, 민영이도 덩달아 한껏

긴장을 했습니다.

"너, 천국이 있다고 믿어?"

뜻밖의 질문이었습니다. 그 답은 늘 반반으로 나뉘기 마련이고, 천국이 있다고 믿는 민영이지만, 막상 질문을 받으니까 꼭 있다고 장담하기가 망설여졌습니다.

"네가 지닌 허상(虛想) 하나지. 믿는다고 해도 확실하지 않으면 허상이야. 또 넌 땅에서 사는 사람의 조건을 하나님이 부여하신다는 허상도 지녔어. 그것에 대한 믿음은 좀 더 확실했지. 하지만 조금 더 확실한 것과 덜 확실한 것의 차이가 있다고 생각해? 100%의 확신이 아니면 다 허상(虛像)인데, 그래도 네게 있는 두 믿음의 차이가 뭐일 것 같아?"

─ ···········! ─

민영이가 대답을 망설였습니다. 천국은 죽어봐야 확실히 알 것 같았고, 사람들의 삶에 대한 생각은 눈에 보이는 것으로 짐작이 되는 믿음이었습니다.

하지만 질문을 던진 빛살의 뜻이 그런 단순함이 아닐 것 같아서 대답을 피했습니다.

"99%의 가능이라도 100%가 아니면 불확실한 것이지만, 신께서 인간에게 주신 놀라운 선물 또 하나는 1% 미만의 가능이라도 믿고 찾는 자에게 100%를 채우게 하는 은총을 더하셨어. 물론 조금도 의심 없이 믿는 사람만이 받는 선물이지. 오늘이란 시점에서 지구의 인구는 수십 억이야. 그 중에 작은 한 아이인 네가 품은 목마름이 목숨을 태우는 고통이라도, 그걸로 바람 한 점을 흔들지 못 하는 게 땅의 질서지. 그런데 하늘의 규칙은 어떨까? 수십 억의 숫자보다 하나가 더 소중한 규칙이라고 해도, 그것이 아니라고 증명할 사람이 있겠어? 어쨌든 지금 네가 바라볼 건 이 순간에 우리가 만난 사실이야. 그 점에서 우리가 출발을 해야 해!"

– 뭐라는 거야? 99%라도 100%가 아니면 허상이니까 버리라는 거야. 아니면 1% 미만의 가능이라도 발견한 순간 놓지 말고 붙잡아서 100%를 채우는 축복을 누리라는 거야? 그런데 왜 내게 자꾸 이런 말을 하지? –

"내 말이 어려워? 보이지 않아서 알 수 없는 일도 영으로 바라보면 또 다른 차원의 새로움을 발견한다는 걸 말하고 싶었어. 다시 말하면, 불완전한 상태를 적당히 타협해 붙잡지 말고, 보이는 틀 너머로 시선을 던져서

100%를 채우기까지 손길을 놓지 말라는 뜻이었고."

– 그럼 세상 속의 많은 일들을 다 영의 감각으로 새로
살펴서 100%를 채우라고? 그게 가능해? 이미 세워진
진리는 그대로 믿어도 되는 것 아냐? –

뭔지 대단한 문제를 풀어갈 것으로 생각했던 민영이 마
음이 허망했습니다. 고작 그 질문을 던지려고 뜻밖의 상황
을 연출하며 나타난 영(靈)이라면 뭐 그리 대단할까 싶었
습니다. 그래서 마음이 심드렁하고, 울컥 짜증까지 치밀었

습니다.

"네가 그토록 알고 싶어 한 태어나기 전의 상황도 스스로 추론을 펴서 살피면 답을 찾을 거야. 한 번 해 볼 만한 일 아냐?"

– 나 스스로 추론을 펴서 찾아보라고? 결국 신(神)만이 아실 금기(禁忌)의 영역을 추론이라는 핑계로 기웃거려 보라는 뜻이잖아? 사람이 감히 개인의 욕심으로 그런 오만을 저지르는 게 말이 돼? –

가까스로 가라 앉던 민영이 마음이 다시 벌렁거렸습니다. 차라리 헛된 생각을 품었던 지난 시간의 방황을 멈춰서, 이제라도 무릎을 꿇어 잘못을 빌어야 될 것 같았습니다.

"넌 어린이성서를 두 번 완독(玩讀)했고 세 번째 읽기에 들어섰지. 그러는 동안 몇 가지 의심도 품었었지. 그런데 넌 그걸 자의(自意)껏 해석을 했어. 그리고 그것 때문에 마음이 불편 했지. 그런 점이 네가 지닌 성향(性向)이었어. 그 성향으로 날 불러내기까지 했는데, 이제 와서 왜 자꾸 뒷걸음을 치지? 전진하지 못 할 거였으면 애초에 그런 생각을 품지 말던지!"

– 뭐야? 성경을 읽다가 몇 가지 고개가 갸웃거려진 걸 말하는 거야? –

민영이 눈길이 뾰족해졌습니다. 사람의 두뇌가 생각을 품게 된 것이어서, 스며드는 생각을 곧장 떨궈내지 못했을지라도, 그것은 그냥 구조적인 자연현상이라고 생각하는 민영이였습니다. 그런데 그랬던 것을 죄로 단정하는가 싶은 반발이었습니다.

그런데 르아피는 민영이의 반발을 모르는 척 자기 말을

계속 했습니다.

"네가 의문을 품었던 성경 구절을 살펴볼까? 네 생각이 잘못 되어서가 아니고, 오히려 서둘러서 꼬리를 자른 네 생각을 이어주려는 거야."

– 꼬리? –

성경을 읽을 때 이해가 잘 되지 않는 몇 구절이 있었습니다. 그래서 나름의 생각을 꼬리처럼 달아서 고개를 끄덕이긴 했습니다.

'창세에 그가 지으신 모든 것에 눈에 보이지 않는 그의 영원하신 능력과 신성(神性)이 나타나 알게 했나니 저희가 핑계치 못할지니라(롬 1: 20)' 말씀은… 만물 속에 숨겨있는 신의 신비는 찾는 자에게 찾을 수 있게 하셨으니, 모른다는 핑계를 대지 말라는 뜻으로 해석하고,

하나님 형상으로 빚으신 첫 사람 아담과 이브에게 생령(生靈)을 부으셨다(창세기)'의 말씀은… 하나님의 절대 엄위(嚴威)의 영역을 제외한 모든 부분을 닮게 하셔서, 인간은 자생(自生) 능력을 지녔다고 해석하고,

'첫 사람 '아담'과 '이브'가 하나님 명령을 어기고 감히

선악과(善惡果)를 따 먹었음'의 사건은… 그 때 이미 그들에게 자의적인 선택권까지 주셔서, 지금의 우리도 그 선택권으로 자의껏 선(善)과 악(惡)을 선택해서 산다고 받아들이고…

그렇게 꼬리를 달았던 것은 하나님의 뜻이 기존의 아는 바에 머물지 않기를 바라신다는 나름의 판단을 가진 정리였습니다.

하지만 그랬던 의식 때문에 르아피를 불렀다? 그건 더욱 풀 길 없게 엉켜진 일 같았습니다. 아니, 지금까지 칭찬을 하듯 했던 르아피의 말들이 어떤 함정을 감춘 나쁜 유혹일 것 같았습니다.

더욱 의심을 부추기는 것은, 스스로 민영이의 영(靈)으로 밝힌 르아피가 정작 민영이의 나이는 모르는 것 같은 점이었습니다. 이제 고작 열 세 살의 나이를 안다면 어찌 그토록 받아들이기 힘든 말을 계속 하는지… 어쩌면 나이를 알면서도 달리 품은 나쁜 목적이 있는 때문 같기만 했습니다.

그래서 민영이는 이쯤에서 자신의 엉거주춤했던 자세를 바꿔서 확고한 의사를 밝히기로 결심을 했습니다.

"난 이제 고작 열 세 살의 초등학교 6학년 아이야. 그런데 알아듣기 힘든 말을 자꾸 하는 이유가 나를 철 없는 애로만 본 거지? 그런데 넌 날 잘 못 보았어. 그런 흉계에 말려들 정도로 내가 어리석거나 철 없는 애가 아니거든. 그러니까 이쯤에서 네 작전을 포기하고 사라져 주는 것 어때?"

하지만 민영이는 거짓말을 하고 있었습니다. 르아피의 말을 어느 정도 알아 듣고 있었으며, 더러는 고개를 끄덕이기도 했습니다. 하지만 확신이 없는 상태여서, 대충 고개를 끄덕이는 일이 무척 위험하다는 판단을 했습니다. 그래서 아예 마음을 닫아 시침을 떼기로 했습니다.

"어휴~ 너무 심하게 엉켰어. 하지만 내가 한 말들은 모두 네가 오랫동안 곱씹어 온 생각들이야. 네 마음에 없는 것을 내가 멋대로 말 할 수 있겠어? 네가 어린 아이라고? 아니지. 넌 아이의 수준을 훨씬 넘었지. 단지 두렵다는 이유로 지금 몸을 빼려는 거 알아. 첫 사람에게 부으신 생령의 의 미나, 명령을 어길 수 있던 아담과 이브가 가졌던 선택권 등 모두 너 스스로 정의를 내렸지. 난 단지 그랬던 네 생각들을 확인해서 출발을 해야 할 필요가 있었어!"

하긴 그렇게 정리를 했던 것이 마음 속 갈등을 피하려는 필요였습니다.

또 그렇게 정리를 해도 될 것 같은 여지를 말씀에서 엿보았다고 느낀 때문이기도 했습니다.

아니, 태초에 사람을 빚으실 때의 신의 설계가 그랬을 것 같았습니다. 그런 점 때문에 사람 중에서 더러 자신을 신으로 착각을 하고, 또 '잡스' 같은 특별한 사람은 신의 영역에까지 손길을 넣어서 신만이 누릴 신비를 손에 움퀴어서 인류의 삶을 뒤집어 놓기도 하고!

하지만 민영이는 그런 생각을 품는 자신이 두려웠습니다. 누군가의 해석은 성경말씀에서 단 한점이라도 더하거나 뺄 수 없다는 강조를 하고, 또 말씀에도 율법 한 점이 없어지기보다 천지(天地)의 없어짐이 쉬우리라고 밝혀 있기 때문이었습니다.

그래서 꼬리를 달아서 받아들이는 것이 말씀을 어기는 짓 같았고, 그런 자신의 의식을 바꿔야 될 것 같이 생각도 했지만. 그 마음을 바꾸지 못한 건, 꼬리를 달아서 받아들일 때 비로소 의심이 끊기고 뒤돌아보지 않게 되었기 때문이었습니다.

그랬더라도 자신을 합리화 하려는 민영이 마음이 한풀 꺾였습니다. 그래서 조심스레 타협점을 찾으려고 했습니다.

"내 생각이 틀렸던 것이면 이제라도 바꿀게. 난 말씀을 어길 생각이 전혀 없어. 하지만 내가 느낀 것은 하나님이 사람들이 더 많이 당신의 뜻을 찾아서 알기를 바라시는 것 같았어. 그랬던 내 판단이 신의 뜻과 달랐어? 그래서 날 벌하시려고 널 보낸 거고? 하지만 난 아직도 내가 틀렸다고 받아 들여지지 않아. 오히려 네가 날 혼돈에 빠뜨리는 나쁜 영 같아. 만약 네가 그런 목적으로 나타난 거면, 이제라도 솔직하게 밝혀서 나하고 정정당당히 겨뤄 보는 것 어때? 물론 내가 진다면 그 때 날 데려가고."

타협하려던 민영이 마음이 어느새 타협 보다 한 판 대결로 방향을 바꿨습니다. 그 긴장감 때문에 얼굴이 붉게 변했고, 이젠 스스로 무장을 해서 자신을 지킬 결심을 세웠습니다.

그런데 르아피가 오히려 대결을 피하는 것처럼 몸을 감

추며, 바람결 속에 여린 목소리를 보냈습니다.

"인간의 사고(思考)로 추론(推論)을 펴고 전진하게 하신 것도 신의 허락이시지. 사람들이 더 가까이 다가오기를 바라시는 뜻이고. 하지만 사람들이 성급히 판단을 하고 오해하는 점이 많아서 무척 안타까워 하시지. 너도 오해하고 있는 말씀이 있어. '세례요한의 때로부터 천국은 침노를 당하나니, 침노하는 자는 빼앗느니라.(마11:12)' 의 말씀에 유난히 거부감을 느끼지 않았어? 하지만 다시 살펴보면 그 뜻을 분명히 알 수 있을 거야."

– 맞아. 난 '침노'라는 단어가 마음에 걸렸어. 남의 것을 빼앗을 목적으로 국가 간에 일으키는 전쟁이나, 재물을 탈취하기 위해서 한 마을로 쳐들어가는 도둑떼의 행위를 '침노'로 표현해야 될 것 같은데, 왜 성서(聖書)에 그런 나쁜 용어를 나쁘지 않은 것처럼 사용해서 표현했는지 알 수가 없었어. –

"그 말씀을 돌려서 생각해 봐. 사람이 감히 신의 영역에 눈길을 던져서 꽂는 건 침노가 아닐까? 내 생각엔 침노 중에서도 엄청난 침노 같은데?"

아하! 그 소리에 민영이가 단박 깨달았습니다. 신을 두려워하는 사람들이 닫힌 그 상태로 몸을 사려서 머물기보다, 오히려 침노를 하듯이 적극적으로 다가오라 하시는 뜻 같았습니다. 그래서 낱말 자체를 나쁘게 느낀 민영이의 오해가 단박 풀렸습니다.

"앞서 산 사람들의 깨달음으로 사는 것도 나쁘진 않지. 하지만 일찍부터 그 틀 너머로 치달으며 목이 말랐던 너 자신을 돌아 봐. 넌 그렇게 진작 날 부를 준비를 했어. 그러니까 너와 나를 따로 분리해서 생각하지 말고, 달려지는 생각대로 추론을 펴 봐. 그것이 궁금증을 찾는 길이고, 더 나아가서 네게 있는 창조력을 마음껏 발휘하는 길도 될 테니까!"

"아니야! 어떻게 내게 창조력이란 말을 해? 난 너무 어리고, 이대로 내 삶을 수긍해서 받아들이라면, 이제부터 생각을 바꿔서 열심히 살아 볼게."

민영이는 이제 힘에 부치는 르아피의 말에서 벗어나기를 원했습니다. 밤이 깊도록 붙잡혔던 르아피의 혼란에서 벗어나고 싶은마음에 쫓기며 분연히 얼굴을 돌렸습니다.

그랬더니, 몇 초가 지나도록 아무 대꾸가 없던 르아피가 뒤늦게 한 마디를 더 던졌습니다.

"눈에 보이지 않는 일을 알게 해 달라고 몸부림친 건 너 자신이야. 그런데도 네게 찾아온 기회를 두렵다는 핑계로 외면하는 거야?"

그렇게 목소리를 던지던 르아피가 영영 사라진 것처럼 조용했습니다.

사방이 갑자기 숨을 죽였습니다. 매미소리가 사라지고, 계곡을 흔들던 물소리도 뚝 그쳤습니다. 또 산 그림자가 놀란 듯이 고개를 숙여서 민영이 쪽으로 다가섰습니다.

놀란 민영이가 숙소 쪽을 힐끗 돌아보았습니다. 거기, 밤 내 숙소를 지키던 외등이 깜박이면서 어둠 속으로 숨어들고 있었습니다.

– 그럼 내가 어떻게 해야 되는데. –

민영이가 고함을 쳤습니다. 하지만 그건 그러고 싶은 생각이었을 뿐, 이미 싸늘하게 굳어진 입술이 작은 숨소리도 뱉지 못했습니다.

사람들이 민영이를 '이티'라고 부릅니다. 엄마 손을 잡고 유치원에 처음 등원하던 여섯 살 때, 이상한 그 이름을 처음 들었습니다.

"여러분, 새 친구를 소개합니다. 모두 사이좋게 지내는 것 잘 알죠?"

원장선생님이 얼굴이 예쁜 선생님의 손에 민영이를 넘겨주었습니다.

"어머, 오늘 새 친구를 만나네요. 우리 박수로 환영합시다."

예쁜 선생님이 얼굴에 가득 웃음을 담아서 민영이를 소개하고, 곧바로 옹기종기 모여 앉은 아이들 복판에 민영이를 앉혔습니다. 그런데 민영이의 바로 옆에 앉게 된 아이가 얼굴을 잔뜩 찡그리며 자리를 멀찍이 띄웠습니다.

"다현아, 새 친군데 사이좋게 지내야지?"

선생님이 다가와서 민영이와 다현이의 손을 마주 잡게 해 주자, 다현이가 갑자기 으앙~ 울음을 터뜨렸습니다.

"나, 엄마한테 갈 거야. 얘하고 친구하기 싫어!"

다현이의 울음에 아이들이 깜짝 놀라고, 민영이는 황급히 얼굴을 무릎 속에 박았습니다. 소리 내어 울지는 않았지만, 울음이 목젖까지 치올라서 눈물이 꿀꺽꿀꺽 삼켜졌습니다.

"어머나, 우리 다현이가 멋진 친구를 몰라보네. 애 좀 잘 봐봐. 우주에서 내려온 아기 이티를 닮지 않았니? 다른 친구는 멋진 이 친구와 짝하고 싶을 걸! 누구 다현이 대신 이 친구와 짝해 줄 사람은 손을 들어볼까?"

그 때의 선생님을 민영이는 오래도록 잊지 못했습니다. 커가면서 어렴풋한 기억으로 되돌아 볼 때마다, 그 때의 선생님 임기응변이 훌륭했다는 생각을 했습니다. 물론 그 말씀 때문에 '이티'란 이름을 알게 되고, 그것이 민영이의 별명으로 꼬리로 달았지만, 그래도 원망보다 감사한 마음이 컸습니다.

그 날 그 시간! 선생님의 말을 들은 작은 아이들의 눈이 동그래졌습니다.

"선생님, 아기 이티가 우주에서 내려왔어요?"

아이들이 모르는 눈빛을 하자, 선생님이 동화 같은 이야기를 들려주었습니다.

"여러분 우주가 별나라인 것은 모두 알죠? 아기 이티는 그 별나라에서 아름다운 우리 지구를 날마다 내려다보았대요. 초록별에서 행복하게 사는 지구의 친구들을 만나보는 게 아기 이티의 소원이었죠. 그래서 어느 날 아기 이티는 엄마 아빠 몰래 우르릉 꽝꽝 장난치는 번개를 타고 지구로 내려왔대요. 그런데 지구의 친구들이 아기 이티의 생김새가 우리와 다르다고 같이 놀아주지 않았대요. 아기 이티의 마음이 어땠을까요?"

"슬펐어요."

"맞아요. 아주 많이 슬펐어요. 하지만 아기 이티는 별나라로 다시 돌아갈 수가 없었어요. 엄마 아빠 몰래 내려왔기 때문에 번개가 아기 이티를 별나라로 다시 데려갈 수가 없었대요. 아기 이티는 너무 슬퍼서 죽을 것 같았지만, 오히려 힘을 냈대요. 남몰래 지구의 어려운 친구들을 찾아가서 도와주기 시작했어요. 아픈 아이와 슬픈 아이를 찾아가서 아름다운 별나라의 이야기를 들려주며 위로했죠. 아기 이티는 어떻게 되었을까요? 누구 알아맞출 사람은 손을 들어보세요."

무릎 속에 얼굴을 감추고 있던 민영이가 가만히 얼굴을 들고 주변을 둘러보았습니다. 손을 들고 저요 저요 외치는 아이가 딱 두 명 있었습니다. 그런데 선생님이 두 명 모두에게 대답을 하게 했습니다.

"어떤 착한 엄마가 아기 이티를 집에 데려가서 함께 살

앉어요."

"아기 이티의 엄마 아빠가 지구로 내려와서 데려갔어요."

선생님이 박수를 치자 아이들 모두가 손뼉을 쳤습니다. 그 때 한 아이가 갑자기 외쳤습니다.

"나, 아기 이티와 친구할 거야. 나한테 네가 살던 별나라를 말 해 줄 거지?"

그러자 아이들이 나도나도 외치며 경쟁하듯이 민영이의 손을 잡으려고 했습니다. 선생님이 활짝 웃음을 지었습니다.

그렇게 영문을 모른 채로 유치원에서의 첫날을 아이들에게 둘러싸여서 지냈습니다. 노래와 춤을 배웠고, 자꾸만 눈길을 던지는 아이들에게 민영이도 수줍게 미소를 지어주었습니다. 슬픈 듯했지만 그런대로 즐거웠습니다.

다음 날 아침이었습니다. 몇 명의 어머니들이 어둔 얼굴로 유치원에 오셔서 원장선생님과 이야기를 나누었습니다.

"선생님, 우주에서 왔다는 아이 이야기가 뭐예요? 생김

새가 좀 이상한 모양인데, 사이좋게 지내라는 뜻이더라
도, 뭔지 교육적이지 않다는 생각이 드는데요."

언짢은 표정의 엄마들이 원장선생님과 심각하게 이야기
를 나누었습니다. 그리고 몇 아이들이 대강의 눈치를 아는
듯이 민영이를 힐끗 힐끗 바라 보며 수군대었습니다.

"우주에서 온 게 아니고, 너무 못생겨서 그렇게 말 한
거래."

큰 목소리는 아니었지만, 아이들이 주고 받는 소리가 민
영이 귀에 들렸습니다.

'내가 못생겼다고 말하는 거잖아.'

민영이의 가슴이 철렁했습니다. 그렇게까지 못났을까
싶은 서러운 생각이 울컥 부끄러움으로 치솟아서 얼굴이
빨개졌습니다.

"에구 착한 것. 태어날 때 인공호흡을 심하게 한 것 말
고는 다른 이유를 모르지."

엄마는 가끔 민영이가 태어날 때 인공호흡을 한 것이 안
타까운 듯이 말합니다. 하지만 그 때 그렇게 살리지 못했
으면 민영이를 얻지 못했을 것이라며 얼굴을 마주 대고 비

벼 줍니다. 민영이를 무척 사랑하는 엄마가 가끔 슬프고 아쉬운 눈길로 바라보는 이유를 민영이는 알 듯 말 듯했습니다.

"엄마, 난산이 뭐야? 인공호흡이 나쁜 거야? 그 때 내가 죽을 뻔 했는데, 인공호흡 때문에 살게 된 것이면 좋은 것 아냐?"

엄마의 눈길이 슬퍼 보이는 건 그렇게 죽을 수 있었던 그 때 일을 아파하는 걸 거라고 여겨 왔습니다.

"넌 엄마의 뱃속에서 숨이 멎었었어. 의사선생님이 가까스로 널 꺼냈을 때 이미 얼굴이 파랗게 변해 있었지. 그런데 선생님이 네 허리를 안으로 뚝 접어서 얼굴이 발끝이 닿게 여러 번 접고 펴고 하다가, 네 작은 두 발목을 한 손으로 잡아서 거꾸로 들고, 다른 손으로 볼기를 탁 탁 치셨어. 그러면서 어쩜 포기해야 될지 모른다고 하셨지. 난 두 눈을 똑바로 뜨고, 숨을 죽여서 지켜보았어. 바로 그 때 네가 작은 울음소리를 삐질삐질 흘렸어. 그렇게 널 얻었지. 아빠가 천국에서 너와 날 지켜주신 거야. 착하고 예쁜 우리 딸을 살려주셨어!"

그렇게 힘들게 얻은 착하고 예쁜 딸. 엄마가 들려주는 그 말은 여러 번 되풀이해서 들어도 언제나 기분이 좋았습니다. 얼굴이 예쁘지 않은 걸 어렴풋이 느껴도, 예쁘다는 엄마의 말이 진짜라고 믿었습니다. 가슴이 무척 싸~하게 아팠던 유치원에서의 그 일이 있기 전까지는 생김새에 별달리 마음을 쓰지도 않았습니다.

사실 민영이의 생김에 이상은 없습니다. 쌍꺼풀이 뚜렷한 두 눈, 얼굴 복판에 다소 크지만 도독하게 자리 잡은 코, 두텁지도 얇지도 않은 입술. 하나하나 뜯어보면 다른 사람과 다를 게 없습니다.

그런데 거울 앞에서 한 눈으로 바라보면 단박 남과 다른 것을 느낍니다. 두 눈이 약간의 각도를 품어서 아래로 기울었고, 높은 콧대에 눌린 듯한 양쪽 콧망울 속의 콧구멍이 옆으로 갸름합니다. 그리고 입술의 끝 부리도 좌우로 몸을 늘려서 물러나 있는 것 같은 모양입니다. 애써 정상으로 보려고 해도 정상이 아닙니다.

유치원에서 상처를 입은 그 날 이후, 민영이는 아이들과 스스로 간격을 띄워서 지냈습니다. 아이들이 거부하지 않아도, 먼저 아이들과 어울리기를 주저했습니다. 혼자서 장난감을 만지고, 재잘거리며 뛰노는 아이들 곁에서 한 걸음 뒤로 물러나서 조용히 구경만 했습니다. 아이들도 민영이의 손을 굳이 붙잡아 끌지 않았습니다. 그렇게 곁에 놓아두듯이, 딱히 싫어하는 기색이 아니어도 아예 상관을 하지 않았습니다.

그래도 춤을 추거나 노래하는 시간은 민영이도 함께 했습니다. 마음 속에곁에 아무도 없이 혼자 춤추고 노래한다는 생각을 했습니다. 그래서 아이들의 눈치를 굳이 살피지 않고 춤추며 노래 부르는 시간이 즐거웠습니다.

민영이는 커가면서 칭찬도 자주 들었습니다. 공부를 제법 잘하고, 아이들과 다투는 일이 없으며, 약한 친구들에게는 오히려 친절하기 때문이었습니다. 청소와 봉사활동에 늘 앞장을 서고, 남들이 싫어하는 뒷마무리는 언제나 민영이가 책임을 맡았습니다. 선생님도 민영이를 믿고 이

것 저것 뒤처리를 맡기셨습니다.

그런데 아이들이 민영이의 진짜 이름을 모르는 것 같았습니다. 마치 진짜 이름이 '이티'인 것처럼, 언제 어디서나 주저없이 '이-티'라고 불렀습니다. 심지어 골목길에서 만나는 낯선 꼬마들까지 '헤이 이티!' 하고 큰 소리로 불렀습니다. 그 소리는 민영이 귓등에 찰싹 붙어서 사는데, 정작 민영이 마음은 언제나 그 이름이 낯설었습니다. 바늘 끝처럼 마음을 푹푹 찔렀습니다.

"이티는 화내는 표정을 짓지 못하는 거래. 걔가 화내는 것 본 적 있어? 착해서 그런 게 아니고, 화를 내어도 저절로 웃는 표정이 되는 거래."

아이들이 소문을 만들었고, 어느새 그 소문은 진짜처럼 되었습니다. 그래서 민영이조차 그 말이 사실일 것 같은 생각이 들었습니다.

하지만 소문은 거짓이었습니다. 민영이가 거울 앞에서 화 내는 표정을 지어보았는데 깜짝 놀랐습니다. 그 표정만큼은 남들 앞에서 절대로 지을 수 없을 것 같아서, 아예화를 내지 않기로 단단히 결심을 했습니다.

만화 속의 심술첨지는 화를 낼 때, 양 눈썹이 딱 붙은 한 일(一) 자가 됩니다. 그런데 민영이가 거울 앞에서 지어 본 화 내는 표정은 정말 우스웠습니다. 어찌 된 일인지 눈썹이 지렁이처럼 꿈틀거리고, 눈과 코와 입술이 한 발짝 더 뒤로 물러나 보였습니다. 정말 바라보기가 민망했습니다.

– 남들 앞에서 어떻게 이런 표정을 지어. 차라리 화내지 못하는 사람이 되고 말지! –

그렇게 화를 내지 않기로 다짐한 민영이는 그 약속을 자신의 생명처럼 여기며 지켜 왔습니다.

민영이는 여름캠프에 참가하기가 정말 싫었습니다. 지원자를 모집해서 특별히 떠나는 과학캠프여서 꼭 피하고 싶었습니다. 그런데 웬일인지 엄마가 강하게 권유를 해서, 할 수 없이 참가하게 되었습니다.

그런데 첫 날 산책을 하고 난 뒤에 '미래도시 만들기' 활동을 하면서 뭔가 이상한 느낌을 받았습니다. 뜻 모르게 기대가 품어지고, 친구들에게 자신을 내 보일 기회가 될 것 같은 흥분이 가슴에 일었습니다.

여섯 개의 팀에게 나누어준 준비물은 똑 같았습니다. A4용지 80매 정도, 새 스카치 테잎 두 롤, 그리고 30cm 자와 돋보기는 각 1개 씩, 또 핀셋과 가위는 인원에 맞춰서 놓여 있었습니다.

"심사 기준은 '튼튼하게, 높게, 아름답게' 다. 똑같은 조건이니까 다른 팀의 아이디어를 훔칠 생각 말고, 미래용사들답게 협력하여서 창의력을 발휘해 주기 바란다."

……!

그런데 아이들이 난감한 표정이 되어서 던져있는 준비물을 막연히 바라보기만 했습니다. 40분의 시간 제한 때문에 서둘러서 머리를 맞대고도, 어떻게 해야 할지를 모르는 당혹감으로 시작을 하지 못했습니다.

그리고 민영이는 평소처럼 아이들 곁에서 밀려진 듯이 한 발 떨어져 있었습니다. 마음과 달리 덥석 대들 수 없는 서글픔이 그 순간 가슴팍에 밀려들었습니다.

"애들아, 미래 도시는 이티가 잘 알 것 아냐? 우주에서 온 이티 의견을 들어보자!"

평소에 유난히 민영이에게 쌀쌀하던 창례의 의견이었습니다. 그런데 창례를 별로 좋아하지 않던 친구들이 이상하게도 그 의견에 동의를 하듯이 서로의 눈치를 살폈습니다.

민영이는 아이들이 비켜주는 틈새로 말없이 다가앉았습니다. 떠오르는 마땅한 생각이 없었지만, 그 자리에서 망설이고 싶지가 않았습니다. 그리고 조금은 자신감도 있었습니다.

평소에 버려지는 종이를 챙겨서 여러가지 모양을 접고 만드는 게 민영이의 취미였습니다. 그래서 서점에 들렀을 때 종이접기 책을 구했고, 무료할 때마다 종이접기놀이를 해 왔습니다.

– 튼튼하게? 우선 종이를 두 겹으로 해서 사각모양을 접어 세우면 튼튼 하겠지. –

생각이 곧 손놀림이 되었습니다. 종이를 두 겹으로 해서, 접은 선을 꾹꾹 눌러서 직사각형을 만들고 테이프로 고정했습니다. 곁에서 지켜보던 아이들이 아이디어가 떠오른 듯이 달려들었습니다. 그 때 팀장인 수진이가 말했습니다.

"우리 크기가 다르게 각자 사각모양 하나씩 만들자!"

아이들이 단박 크기를 다르게 할 궁리를 해서 사각모양을 만들었고, 민영이는 다시 종이를 두르르 말아서 원기둥을 만들었습니다. 그걸 지켜보던 아이들이 각각 크기가 다른 원기둥을 만들어서 여기 저기 세우고 뉘었습니다.

이젠 아이들이 민영이를 엿보지 않았습니다. 눈치껏 척 척 빌딩을 세워 갔습니다. 수진이는 테이프를 잘라서 세우는 걸 도왔습니다. 그 때 영혜가 약간 찌그러진 사각뿔을 만들어서 옆에 놓았습니다. 아이들이 고개를 끄덕이며 단박 새로운 모양들을 만들었습니다.

정말 신기했습니다. 계획도 설계도 없는 민영이 팀의 미래도시가 점점 커지고 높아졌습니다. 신비한 미래도시 모습이 되어갔습니다. 그 때 시간이 다 되어가는지, 선생님이 연신 손목시계를 들여다보며 이 팀 저 팀을 살펴보았습니다.

민영이가 종이 한 장을 같은 방향으로 여러 번 접어서 두터운 채로 가위질을 했습니다. 아이들이 하던 일을 멈추고 지켜보는데, 가위 끝에서 사람의 반쪽 모양이 오려집니다. 머리와 목, 어깨와 팔, 또 가슴과 잘록한 허리, 그리고 다리와 발이 오려집니다. 가위를 내려 놓고 펼치니까, 네 사람이 손을 잡고 강강수월래하는 모양이 되었습니다.

"우와~, 어떻게 이렇게 오리니?"

누군지 손뼉을 치며 외치자, 아이들이 덩달아 손뼉을 쳤습니다. 민영이가 같은 방법으로 한 번을 더 접어서 오리고, 발끝부분을 반 꺾어서 미래도시의 전면에 세우자, 언제 다가 오셨는지 선생님이 빙그레 웃으시며 고개를 끄덕였습니다.

"모두 동작 그만! 시간이 20분이나 초과되었다. 이제 다들 자리에서 일어나 전면의 액자 앞에 팀별로 모인다!"

이어서 호루라기가 울리고, 아이들이 아쉬운 듯이 뒤돌아보며 커다란 그림액자 앞에서 줄을 섰습니다. 그리고 제1팀부터 차례로, 만들어 놓은 미래도시를 줄줄이 돌아 감상을 하고 제자리로 돌아왔습니다. 민영이 팀의 미래도시가 단연 눈에 띄었습니다, 크고 높고 아름다웠습니다.

팀 성적이 단박 칠판에 부착해 놓은 성적표에 올려지고, 곧 두 번째 활동을 준비했습니다. 민영이네 팀이 앞섰습니다.

우와~. 민영이 가슴이 마구 뛰었습니다. 친구들 곁으로 다가서기가 여전히 서먹했지만, 이 여름캠프가 어떤 기회가 되고 있는 것을 분명하게 느꼈습니다.

그날 밤, 민영이는 쉽게 잠들지 못했습니다. 그래서 잠자기를 포기하고 소리를 죽여서 숙소를 빠져나왔습니다. 낮의 산책활동 때에 눈여겨본 넓적한 바위를 찾아서 발길을 향했습니다.

산책활동도 나름의 뜻이 있었습니다. 숲이 좋았고, 얼굴에 스치는 바람결이 상큼했습니다. 물길 따라 널려있는 굵직굵직한 바위들은 계곡을 지키는 파수꾼 같았습니다.

산 중턱쯤 오르고 있을 때, 발걸음을 가로막으며 흐르는 물길이 있었는데, 그 옆의 큰 바위가 눈에 띄었습니다. 물길이 바위를 스쳐서 작은 폭포가 되어 떨어지고 있었습니다.

- 와~, 이 바위, 이 폭포 너무 좋구나! -

민영이는 그 곳이 마음에 들었습니다. 숙소로 돌아올 때 몇 번이나 뒤돌아보았습니다. 바위가 민영이 마음을 알아챘는지, 다시 찾아오라는 눈짓을 보냈습니다.

밤에 다시 찾을 때, 바위는 생각보다 가까이 있었습니다. 낯선 산길을 어둠 속에서 오르는 게 힘이 들고, 누군

가가 뒤에서 쫓아오듯이 들리는 발자국소리가 무서웠지
만, 그래도 걸음을 멈추지 않았습니다. 바위가 거기서 기
다리고 있다는 생각으로 더듬더듬 올라 갔습니다.

폭포소리가 먼저 민영이를 반기고, 거기 자리를 펴서 기
다리고 있는 바위를 만났습니다. 민영이는 망설임 없이 바
위 위에 팔베게를 하고 누웠습니다.

아~, 나뭇잎 틈새로 밤하늘이 보였습니다. 별들이 하나

하나 살아있듯이 반짝이며 민영이를 반기는 눈빛을 보냈습니다. 누구. 이토록 아름다운 밤하늘을 본 일 있는가 싶은 감동으로 민영이는 하늘 높이 눈길을 보냈습니다.

　바로 그 때, 별 하나가 별동별처럼 꼬리를 길게 그리며 내려와서 민영이 옆의 나뭇가지에 앉았습니다. 그리고 신기한 별나라 이야기를 소곤소곤 들려 주었습니다.

　아주 옛날. 민영이가 하늘나라의 노래였을 때, 모습이

공기 한 알 같았다고 했습니다. 그리고 민영이가 부르는 고운 노래를 아기 예수님이 무척 기뻐하셨다고 했습니다.

또 별들이 천사고, 천사가 노래인 그 곳은 언제나 아름다운 노랫소리가 화음이 되어서 하늘 가득 울린다고 했습니다.

– 정말? 내가 하늘나라의 노래였고, 공기 한 알 같은 모습이었어? 그리고 내가 부르는 노래를 아기 예수님이 무척 기뻐한 것 참말이야. –

별이 고개를 끄덕였습니다.

– 어쩌면 이렇게 아름다운 이야기가 있지? 내가 멋대로 상상하고 있는 건 아닐까? 밤하늘에 취해서 별이 내려와서 이야기를 한다고 느끼는 하지만 너무나 멋진 이야기야. 이 상상처럼 내가 하늘나라 노래였고 공기 한 알의 모습이었다면, 난 틀림없이 하늘나라에서 새였을 거야. 지저귀는 게 호흡이고 노래여서 공기처럼 자유롭게 날며 노래를 했을 새! 상상만도 너무 아름답고 그럴 듯해. 그런데 갑자기 별이 보이지 않네? 내가 상상인 것을 눈치채서 사라졌나? 아무튼 난 못 말리는 상상쟁이야. 슬프면 슬픔이 기쁨이 되는 상상을 하고, 기쁜 적이 별

로 없지만, 내가 무엇이든지 척척 해내서, 사람들이 그런 나를 바라보며 인정을 해주는 상상도 했어. 그럴 때면 상상이 꼭 실제같이 느껴져서 행복했어. 이 밤, 아름다운 밤하늘을 보며 상상하는 것. 내가 한 상상 중 최고야! -

그렇게 상상으로 돌리는데, 이상하게도 별이 속삭이던 소리가 귓가에 여운으로 남아 있었습니다. 그래서 더 오래도록 상상에 빠졌습니다.

매미는 혼자 울고, 바로 옆에서 떨어지는 폭포가 밤의 전령(傳令)처럼 소리를 높였습니다. 민영이는 문득 엄마가 생각났습니다. 두려울 만큼 아름다운 밤의 풍경을 엄마와 함께 나누지 못하는 게 너무 아쉬웠습니다. 그래서 나뭇가지 사이로 열린 작은 쪽 하늘에 엄마의 얼굴을 그렸습니다.

- 엄마, 캠프에 보내줘서 고마워!-

열린 쪽 하늘에 엄마 얼굴이 단박 떠오르며, 그 옆에 낮에 꾸민 미래도시도 하얗게 떠올랐습니다. 그리고 엄마가 미래도시를 보았다는 듯이 얼굴 가득 미소를 지었습니다.

그런데 엄마 얼굴이 금방 사라지고, 하얀 미래도시가 유

럽의 고성(固城)처럼 변해서, 별빛에 둘러싸인 찬란한 왕궁
이 되었습니다.

– 저기서 내가 살았었나? 그래서 나도 모르게 미래도시
를 그렇게 꾸몄고? –

엉뚱한 상상인 것을 아는 민영이지만, 오히려 그리움을
품고서 아련히 바라보았습니다. 그러다가 문득 그곳에서
쫓겨난 아픔이 가슴을 할퀴었습니다.

온 몸을 찢는 듯 한 아픔인데, 그 통증까지 아름답게 느
꼈습니다.

– 얼굴이 못났으면 어때? 땅에서 사는 것도 꼭 슬픈 일
만은 아닌 것 같아! –

캠프를 떠나는 아침까지도, 캠프를 즐기게 될 줄은 꿈에
도 상상 못한 민영이였습니다. 그런데 활동을 하면서 뭔지
모르게 기대감이 차올랐습니다.

좋은 친구가 생길 것 같고, 캠프의 모든 활동이 민영이
를 위해서 준비된 듯이 자신이 새롭게 탄생될 것 같은 예
감을 품었습니다.

미래도시를 꾸몄을 때도 누구도 민영이를 지적해서 칭

찬하지 않았습니다.

하지만 그 활동으로 아이들 눈길이 따뜻해진 걸 느낄 수 있었고, 특별히 팀을 이끄는 수진이의 눈길이 따뜻했습니다.

그래서 민영이 마음에 용기가 생기고, 다음 활동이 무엇일지 자꾸 기대가 되었습니다. 그래서 지금까지 자신감이 없던 자신이 이 기회에 보다 자신감 있는 모습으로 활동에 참여할 것 같았습니다. 또 팀장인 수진이를 도와서 최우수 팀을 만들겠다는 욕심까지 불끈 솟았습니다.

민영이는 자신의 뜻밖의 모습에 놀랐습니다. 열세 살이 되기까지 살아온 시간은 늘 슬픔이고 외로움이던 기억뿐이 었습니다. 할 일을 묵묵히 해내고, 아이들이 하기 싫어하는 일을 앞 서서 해내도, 민영이 곁으로 다가오는 친구는 없었 습니다. 어쩌면 민영이 스스로 아이들의 곁을 피한 듯 싶지 만, 왠지 이번에 뜻밖의 기회를 얻을 것 같았습니다.

몸에 닿는 바람기가 갑자기 서늘했습니다 놀라서 하늘을 바라보니 어느새 별들이 사라지고, 바람 속에 있는 습기가 몸을 옴츠리게 했습니다.

– 비가 오려나? –

바위의 냉기(冷氣) 때문에 엉덩이가 저렸습니다. 서둘러서 몸을 일으키려니까 쉽게 일어나지 않고, 하늘은 벌써 굵은 빗방울을 툭툭 떨어뜨렸습니다.

- 우와~, 어쩌지? -

발걸음을 재촉하는데, 캄캄한 사면이 발목을 붙잡았습니다. 어둠이 눈앞을 가로막고 발걸음을 훼방해서 발목이 자꾸 삐끗거렸습니다. 그렇게 몇 차례 넘어질 고비를 넘겨서 숙소에 도착했을 때는, 민영이의 몸이 비에 흠뻑 젖었습니다.

숙소는 세찬 빗줄기 속에서도 고요했습니다. 세상 모르고 자고 있는 아이들이 젖은 몸으로 들어서는 민영이를 알아채지 못했고, 오히려 숙소가 엄마처럼 따뜻이 맞아주었습니다. 민영이는 젖은 몸을 대충 닦고 잠옷으로 바꿔 입고서 잠자리로 들어갔습니다.

아이들 소란에 눈을 떴을 때 아침 햇살이 눈부셨습니다. 밤 동안 내린 비는 말끔히 개었고, 세찬 빗줄기로 세수를 한 듯 한 숙소의 주변이 신선하고 청결한 느낌을 물씬 풍겼습니다.

하지만 아이들 표정이 어두웠습니다.

"너희들 개구리를 맨손으로 잡아본 일이 있니? 오늘 개구리해부를 한다는데, 우리가 잡은 개구리로 한대. 잡는 시간을 딱 30분을 주는데, 잡은 개구리 수가 팀의 점수도 된대. 그런데 어떻게 맨손으로 개구리를 잡고, 배를 가르지?"

팀장이 알려준 일정 때문에 아이들이 웅성거렸습니다. 물론 민영이도 그 소리가 끔찍했습니다. 산을 오르는 일이라면 기꺼이 앞장을 서겠는데, 살아있는 개구리를 맨손으로 잡아서 해부를 해야 한다니… 이를 악물고 참아도 비명이 절로 튀어나올 것 같았습니다.

아침 식사를 마치면 오전 일정의 시작이었습니다. 숙소 근처에 제법 큰 웅덩이가 있는데, 거기서 개구리를 잡는다고 했습니다. 선생님의 말씀이 밤에 내린 비 때문에 웅덩이가 황토 빛의 탁한 물로 가득 차 있다고 했습니다. 그리고 선생님이 잔뜩 겁을 먹은 아이들에게 주의 사항을 다시 전했습니다.

"물이 탁해서 바닥이 보이지 않지만, 캠프장 측의 말이 웅덩이는 깊지 않다고 한다. 주어진 30분 동안 개구리를 잡는데, 남학생은 심한 장난을 하지 않도록 한다. 규칙을 어길 시엔 당장 퇴출을 해서, 혼자 이 차 저 차를 갈아 타면서 귀가를 하게 될 거다. 모두 명심하고, 개구리는 한 사람이 한 마리 이상을 잡지 않는 게 오늘 우리가 지킬 자연보호다. 또 잡기에 너무 열중하다가 물속에서 혹 넘어질 수도 있으니까, 옆 사람을 밀치지 않도록 조심하는 것도 잊지 마라. 알았나?"

두껍고 탁하게 울리는 체육선생님의 주의 말씀에 가뜩이나 겁에 질린 아이들의 얼굴이 얼음처럼 굳었습니다. 그래도 몇 몇 개구쟁이들이 호르라기 소리가 끝나기도 전에 웅덩이에 뛰어들었습니다. 하지만 여학생들은 남자들과 달리 한참동안 탁한 웅덩이를 바라보기만 했습니다.

"이 기회에 남학생들이 분발하면 좋겠다. 여자 팀의 성적이 앞 서고 있는 걸 알고 있겠지? 행여 좋아하는 여자 친구가 있어도 잡은 개구리를 슬쩍 넘겨주는 서비스를 하지 않도록 하고."

선생님의 농담에 남학생들이 묘한 소리를 지르고, 오히려 여학생들이 자극을 받아서, 잔뜩 찡그린 얼굴로 웅덩이에 조심스럽게 발을 디밀었습니다. 그래도 몇 명이 망설이며 서 있자. 선생님이 다가가서 등을 떠밀어서 웅덩이에 들어가게 했습니다.

 - 개구리가 어디 있지? 아무 것도 보이지 않는데! -

민영이가 탁한 웅덩이 물속을 눈길을 집중해서 살피는데, 악! 바로 옆에서 개구리가 얼굴을 반쯤 내밀었습니다. 너무 놀랐지만 얼른 손을 내밀어서 잡았는데, 개구리는 차갑고 미끄러운 감각을 손끝에 남기고 물 속으로 사라졌습니다. 그런데 다른 쪽에서 벌써 개구리를 잡은 환호를 올렸습니다.

"잡은 사람은 웅덩이 밖으로 나와서 신고한다. 나오지 않고 더 잡으면 벌점인 걸 잊지 마라!"

어느새 아이들이 하나 둘 웅덩이에서 나가고 있었습니다. 그래서 민영이 는 애가 탔습니다. 아무래도 아이들이 웅덩이에서 다 나가도록 자기 혼자만 개구리를 잡지 못할 것 같았습니다.

그런데 바로 옆에 있는 수진이가 파랗게 질린 얼굴로 금방 쓰러질 것 같이 서 있었습니다.

"어디 아파?"

민영이는 개구리 생각을 잠시 잊으며 수진이를 살폈습니다.

"아냐, 괜찮아."

수진이가 신음하듯이 나직하게 말하는데, 그 순간 수진이 바로 옆에서 개구리가 얼굴을 삐죽이 내밀었습니다. 민영이가 재빨리 개구리를 움켜쥐어서 수진이의 채집통에 밀어 넣었습니다.

"나 괜찮은데."

수진이가 사양을 했지만, 민영이는 수진이 말을 못 들은 척 하며, 수진이의 등을 떠밀어서 웅덩이 밖으로 나가게 했습니다. 그리고 몸을 다른 쪽으로돌리며 흘낏 수진이를 보니까, 수진이가 잡은 개구리를 선생님께 내밀고 있었습니다.

"4조도 성공이다. 이제 남은 시간이 5분이니까, 아직 잡지 못한 팀은 서두르기 바란다."

민영이가 가까스로 한 마리를 더 잡아서 웅덩이 밖으로 나온 때에도 웅덩이 속에는 꽤 여러 명의 친구들이 남아 있었습니다. 하지만 호르라기가 울리고, 아이들이 아쉬운 표정을 지으며 물 밖으로 나왔습니다.

웅덩이에서 나온 아이들 몰골이 가관이었습니다. 온몸에 진흙 칠을 하고서 서로서로 손가락으로 가리키며 까르륵 까르륵 아우성이었습니다.

"넌 개구리가 징그럽지 않았어? 네 덕분에 우리 팀은 두 마리야. 고맙다!"

수진이가 민영이 곁으로 다가와서 나직하게 말을 건넸

습니다. 민영이는 미소로 답했습니다.

개구리를 잡지 못 한 두 팀이 있었지만, 세 마리 이상 잡은 남자 팀이 있어서, 여섯 팀 모두 해부활동을 할 수 있다는 선생님의 발표가 있었습니다.

"이제는 수건을 챙겨서 물놀이장으로 간다. 시간을 다시 30분을 주는데, 그 시간에 더럽혀진 몸을 깨끗이 씻는다. 각자 자기 몸을 혼자 씻으면, 시간이 부족할지 모르니까, 서로 닦아주며 협동과 우정의 진수를 보여주기 바란다. 이번 캠프의 슬로건을 다들 알고 있지? 모두 한목소리로 외친다. 시~작!"

"질서! 안전! 협동! 관찰!"

아이들이 소리 높여 고함치자, 선생님이 설명을 덧붙였습니다.

"다 닦은 몸의 상태를 평가한다. 알겠나?"

선생님의 말씀이 미처 끝나기도 전에 몇 명의 남자들이 거수경례를 하는 몸짓으로 옛써~를 외쳤습니다. 그래서 모두 웃음보를 터뜨리고, 줄줄이 줄을 지어서 물놀이장으로 향했습니다. 개구리를 잡으러 나설 때와는 판이했습니다.

몸을 닦는데 걸린 시간이 30분이 채 되지 않았습니다. 그리고 물에서 나온 아이들이 서로 서로 물기를 닦아주며 까르륵대었습니다.

"앗쭈~, 제법들인데!"

선생님이 흐뭇하게 미소를 지었습니다.

점심 메뉴가 꽁보리비빔밥이었습니다. 그런데 밥알은 보이지 않고 이름도 알 수 없는 야채가 가득 담긴 양푼 옆에 냉 미역국이 달랑 놓여 있었습니다. 그걸 본 아이들 눈이 휘둥글 해졌습니다.

"이게 토끼 밥이지, 우리가 먹을 밥이야? 그런데 이 많은 걸 어떻게 다 먹지?"

누군가가 궁실대자 선생님이 단박 호령을 했습니다.

"이 무슨 생뚱맞은 소리야? 맛이 있다고 더 달라는 것도 규칙 위반이지만, 입맛에 맞지 않다고 남기는 것도 위반이다. 모두 식탁 가운데에 놓인 고추장을 적당히 넣어서 싹싹 비벼 먹는데, 다 먹은 그릇에서 보리 알갱이 한 톨이라도 눈에 띄면 그 팀은 감점이다. 먹기 시작!"

아이들 표정이 떨떠름했지만 모두 열심히 비벼서 먹기

시작했습니다. 그런데 어찌된 일인지 먹는 속도가 점점 빨라졌습니다. 상기된 표정으로 어느새 그릇을 비고, 빈 그릇을 열심히 살펴서 남은 보리알갱이를 긁어서 입에 넣었습니다.

"꽁보리비빔밥 맛이 어떻나? 처음 먹어보는 친구들은 먹기가 힘들 텐데도, 열심히 먹어주어서 고맙다."

그런데 아이들이 선생님의 말씀에 대뜸 소리를 쳤습니다.

"댑따 맛있어요. 하지만 양이 너무 많아서 배가 불러요. 아무래도 개구리 해부는 잘 하지 못 할 것 같은데 어떡하죠?"

한 아이의 개궂스런 말에 먹기가 힘들던 아이들이 응원을 얻은 것처럼 고개를 끄덕였습니다. 하지만 다 먹어야 되는 규칙을 지켜야 해서, 다시 힘내어서 먹었습니다.

오후 2시 무렵. 드디어 나무 그늘 밑에서 개구리해부를 시작했습니다. 여섯 개의 커다란 탁자 위에 네모진 하얀 스티로폼 판 두 개가 간격을 띄어서 놓여 있고, 그 옆에 손잡이가 길쭉한 해부용 칼, 돋보기, 또 침 핀이 담긴 곽이 하나씩, 그리고 인원에 맞게 핀셋이 놓여 있었습니다. 그리고 8명의 팀 원을 4명씩 가른 새 팀이 스티로폼 판을 중심으로 둘러섰습니다. 모두 동굴탐험에 나선 것 같은 긴장한 표정이었습니다.

"해부 방법은 이미 설명을 했다. 하지만 다시 주의를 주는데, 첫 순서가 개구리의 다리를 좌~ 악 펴서 스티로폼 판에 침 핀으로 고정하는 것이고, 그 다음이 개구리 가슴의 절개다. 미리 설명을 한 사항이지만, 개구리 살갗이 종잇장보다도 얇아서, 칼끝에 조금만 힘을 주어도 개구리가 그 자리에서 죽게 된다. 그러니까 목 부위를 조준해서 칼끝을 대고, 자기 살을 긋듯이 최대한의 조심으로 살짝 그어 내린다. 혹 자신도 모르게 힘을 주어서 개구리가 죽으면 실험할 개구리를 다시 주겠지만, 팀 점수엔 치명상이 될 것이다. 여러분을 위해서 몸 바친 불쌍한 개구리생명 하나를 더 희생시키는 일이 결코 없기를 바란다. 다들 알아들었지?"

아이들이 잔뜩 긴장을 하는 것은 선생님의 협박 때문만은 아니었습니다.

이제 곧 자신들의 칼 끝에서 죽게 될 개구리를 바라보는 아이들의 가슴팍에 뭐라고 표현하기 어려운 아픔이 일어서, 이마에 땀방울이 송글송글 맺혔습니다. 그런데 그 순간 시원한 바람이 불어와서 탁자 위를 한 차례 맴돌아 지나갔습니다.

네 명으로 짜인 민영이 조에 수진이가 있었습니다. 모두가 개구리다리 하나 씩 붙잡고 발바닥에 핀을 찔러서 판에 고정시키는 일을 어찌어찌 해냈습니다. 그리고 수진이가 가슴을 절개하려고 해부칼을 손에 쥐는데, 모두가 잔뜩 긴장을 하고 바라보았습니다. 그런데 칼을 쥔 수진이가 얼굴이 하얗게 변해서 손을 부들부들 떨었습니다.

"이 악물고 그냥 해 봐! 이러다가 늦어지면 우리 팀 점수 깎여!"

지켜보던 아이들이 참지 못하고 수진이를 재촉했습니다. 그런데 민영이는 수진이가 너무 안쓰러웠습니다. 금방이라도 쓰러질 것 같아서 자신도 모르게 수진이에게 다가가 귓속말을 했습니다.

"내가 해볼까?"

그 순간 수진이는 대답보다 단박 해부칼을 건네주었습니다. 마치 힘에 겨운 물건을 내던지듯이 몸을 바르르 떨며 주었습니다. 그 바람에 민영이는 미처 마음도 미처 준비 못한 채 칼을 받았습니다. 그리고 수진이처럼 손을 떨었습니다. 하지만 해야 된다는 마음을 다지는데, 아이들 얼굴이 오히려 환해졌습니다.

"그래. 이티 넌 잘 해낼 거야. 실패를 해도 개구리를 다시 준다니까, 걱정 붙들어 매고 해 봐!"

그 때 또 한 차례 바람이 불어와서 땀 흘리는 아이들 이마의 열기를 식혀주었습니다.

– 이 바람은 내게 용기를 내라는 건가? 아니면 죽음을 기다리는 이 개구리가 불쌍해서 불어온 걸까? –

민영이는 머리에 스치는 생각을 털어내고 용기를 내었습니다. 그리고 칼끝을 개구리의 목 부위에 대고 가만히 아래로 그어 내렸습니다.

으~, 으악! 종이보다 얇은 개구리의 살갗이 활짝 열렸습니다. 목에서 절로 신음이 뱉어졌습니다. 하지만 이를 악물고 참는데, 개구리는 죽은 것처럼 작은 움직임도 없었습니다. 어떻게 그리 얇은 살갗에 덮여 있었는지, 내장에 엉킨 붉은빛의 심장이 팔딱팔딱 뛰고 있었습니다.

놀라서 지켜보는 아이들 시선 속에서 개구리는 온몸을

바치듯이 고요했습니다. 오직 심장만이 죽음을 마지막으로 거부하듯이 움직였습니다.

팔딱팔딱팔딱!

"놀랍고 신비하지? 하지만 그렇게 보고 있지만 말고, 핀셋을 사용하여 자세히 살펴보고, 노트에 그림도 그려서 느낀 점을 써야 관찰이 완성된다. 물론 기록한 노트

　로 팀을 평가해서 점수를 올리는 걸 잊지 말고!"

　등 뒤에서 갑자기 들린 선생님의 목소리에 아이들이 화
들짝 놀랐습니다. 그래서 수선스럽게 비명을 지르며 개구
리내부를 살피고 노트에 그림도 그려서 몇 글자를 적어 놓
았습니다.

　"선생님, 관찰이 끝난 뒤에 이 개구리는 어떻게 해요?"

남자팀에서 질문을 했습니다. 그러자 모두가 같은 생각을 품었던 듯이 고개를 끄덕이며 선생님의 대답을 기다렸습니다.

"그야, 니희가 어떻게 처리를 하는지 그 모습도 평가하지. 그러니까 팀원이 함께 의논을 해야겠지?"

선생님은 아이들 질문이 마음에 들었는지, 흡족한 미소를 지었습니다.

아이들이 단박 머리를 맞대고, 이 의견 저 의견으로 소란했습니다. 결국 이 팀 저 팀의 아이들이 나무 밑으로 달려가서 모종삽과 호미를 챙겨 돌아와서, 우르르 산비탈 쪽으로 갔습니다.

"도구는 한 조에 하나씩 사용한다. 쓰고 나면 제자리에 갖다 놓는 것 잊지 말고, 사용할 때 다치지 않도록 주의한다! 그리고 다음활동은 기다리던 물놀이니까, 각기 가벼운 차림으로 마당에 다시 모인다!"

"야호~"

아이들이 환호하며 불쌍하게 죽어 간 개구리를 까맣게 잊어버렸습니다. 서둘러서 추도의식 같은 것을 흉내 내고, 곧장 물놀이 차림을 하려고 숙소로 달려갔습니다. 그런데 민영이 조는 아직도 추도문을 쓰고 있었습니다.

"수진아 뒷마무리는 너희 둘이서 해라. 알았지?"

팀원들이 먼저 휭~하니 사라지고, 민영이와 수진이만 달랑 남았습니다. 결국 둘이서 추도문을 쓰고, 그 종이로 개구리를 싸서 비탈에 정성껏 묻었습니다.

"고마워 민영아!"

– ....? –

민영이는 갑자기 귀에 들려온 자신의 이름에 깜짝 놀랐습니다. 집에서 엄마한테나 불리고 들어보는 이름이기 때문에 무척 낯설었습니다. 하지만 민영이는 대답 대신 수진이 얼굴에 묻은 흙을 털어 주었습니다.

민영이와 수진이는 물놀이장으로 가지 않았습니다. 서로 말하지 않았는데도, 약속을 한 것처럼 산길로 발걸음을 옮겼습니다. 그리고 물놀이로 소란한 아이들 소리를 아스라이 들으며 계곡의 그 바위 위에 나란히 앉았습니다.

"너도 물놀이가 별로니? 난 남자애들 개궂이 싫어서 물놀이가 별로야. 너 어젯밤에 이곳에 왔었지? 혼자 올라가는 뒷모습을 보았는데, 밤길이 걱정되더라. 그래도 널 기다리지 못하고 먼저 잠들었어.”

수진이가 하늘을 보며 혼잣말처럼 말했습니다. 민영이도 덩달아 말없이 하늘을 보았습니다. 푸르고 투명한 하늘에 흰구름이 바람을 타고 흐르고 있었습니다. 구름 사이로 햇살이 숨바꼭질하며 빛줄기를 길게 내렸습니다.

“난 하늘이 참 좋아. 끝없이 높고 푸른 저 먼 곳에 우리가 알 수 없는 별나라가 있는 것을 늘 생각해. 달님 별님 이야기가 있는 밤하늘도 좋아. 그런데 오늘 너와 함께 나뭇가지 사이로 보는 하늘은 참 특별한 것 같아. 너도 그렇게 느껴?”

수진이는 여전히 민영이를 바라보지 않으며 말했습니다. 대답이 없는 민영이의 대답을 이미 들었다고 느끼는지, 되묻지 않고 하늘만 바라보았습니다.

민영이는 수진이가 들려주는 하늘 이야기가 자신이 살던 곳의 이야기처럼 들렸습니다. 둘이 똑같은 마음이 되어서 시간이 가는 줄을 몰랐습니다. 골짜기를 울리던 아이들 소리가 진작 사라진 것도 깨닫지 못했습니다.

그러다가 수진이가 저녁바람결을 느꼈습니다. 그제야 둘은 서둘러서 산길을 내려왔습니다.

그림 · 박현숙

춤추는 민영이

숙소에서는 아이들이 마지막 밤 행사인 캠프 화이어 이 야기로 떠들썩했습니다. 숙소에서 마당을 내려다보며 흥 분을 감추지 못했습니다. 거기 마당에서 선생님들이 크리 스마스 튜리로 사용하는 색등 전선을 나무 사이로 걸고, 낯선 아저씨 두 분은 마당에 장작을 쌓아 놓고 있었습니 다. 그걸 바라보는 아이들의 흥분이 절정이었습니다.

민영이도 불길에 검게 그을린 돌들이 둘러 있는 마당 가 운데를 물끄러미 내려다보았습니다. 나무가 그 자리에서 태워질 것 같았습니다.

– 어쩌지? 한 사람도 빠짐 없이 장기 자랑을 해야 한다고 하셨는데! –

자랑할 만한 장기가 없는 민영이는 걱정이 앞섰습니다. 아이들이 쉽게 보여줄 것 같은 몸짓을 흉내내보자 해도, 그것이 도리어 놀림거리가 될 게 뻔했습니다. 물론 집에서 음악을 틀어 놓고, TV에서 보는 몸짓을 혼자 흉내 내어 본 적은 있습니다. 하지만 고작 그 뿐인 자신의 초라함을 새삼 느꼈습니다.

– 음악이 틀어지겠지? 그럼 집에서 해 본 것처럼 혼자 춤춘다고 생각하며 해 봐? –

그런데 문득 수진이 생각이 났습니다.

미래도시를 꾸미고 개구리를 잡을 때까지도 수진이하고 가까워질 줄은 몰랐습니다. 그러나 개구리를 해부하고 불쌍한 개구리를 위해서 추도문을 쓸 때, 서로의 생각이 비슷한 것을 알게 되었습니다. 그래서 수진이하고 친구가 되고 싶은 마음이 더욱 간절했습니다.

– 하지만 수진이하고 친구 하기는 힘들 거야! –

인기가 많은 수진이가 자기와 같은 마음이 되기를 바라는 건 힘들 거라고 생각을 하며, 바위에서 함께 지낸 잠깐

의 시간도 소중하다고 여겼습니다. 그리고 그렇게 혼자 마음을 달래는 이유도 있었습니다.

저녁 때가 된 것을 깨닫고 서둘러서 산을 내려올 때, 수진이는 한 걸음 앞 서 걸었습니다. 어쩌면 민영이가 한 걸음 뒤에서 걸었던 것 같지만, 바위 위에서 같이 있을 때도 서로 나눈 이야기가 별로 없었습니다. 어쩌면 그 때 이미 수진이는 민영이와 달리 마음에 틈을 품었을 것 같았습니다.

– 그래. 아주 잠시 친구 같은 마음을 품었을 거야. 아이들 눈에는 난 여전히 못난 아이지. 그럼 어떤데? 이 모습 이대로 부끄러울 것 없이 살면 되는 것 아냐? 친구들이 왕따 시켜서 내가 단단해지면, 꼭 슬플 일만은 아냐! –

뜻밖의 자신 생각을 깨달으며 민영이는 새삼 놀랐습니다. 이제부터는 좀 더 자신감을 가질 수 있을 것 같은 용기가 생겼습니다.

저녁을 먹고 숙소정리를 마친 아이들이 불꽃놀이준비가 무르익는 마당을 내려다보고 있었습니다. 어둠이 깔리는 마당에 벌써 색색의 등이 켜지고, 호젓하고 조용하던 산골에 축제 분위기가 살아났습니다.

그 때 집합을 알리는 메카폰 신호가 울리고, 기다렸던 아이들이 총알 같이 뛰어나갔습니다. 그런데 민영이는 갑자기 감전된 것처럼 몸이 얼어붙고, 손과 발이 떨려서 움직일 수가 없었습니다.

– 이러지 마! 나는 그냥 나야!–

그렇게 애써 자신을 달래는데, 마당에서 크게 외치는 선생님의 목소리가 귀를 때렸습니다.

"거기, 아직도 방안에 불을 켜 놓고 내려다보고 있는 너, 빨리 내려와. 곧 시작이다.

그 소리에 민영이의 심장이 뚝! 멈추고, 온 몸의 피가 확 얼굴로 치올랐습니다. 그러더니 곧 피가 발끝으로 역류해서 체온이 발가락 사이로 몽땅 빠져 나가는 것 같이 몸이 싸늘해졌습니다.

"민영아, 뭐하니? 창에 네가 보여서 달려왔어. 빨리 나와!"

수진이가 방 문 앞에서 불렀습니다.

– 어? 수진이다!–

갑자기 민영이 목 밑으로 뜨거운 것이 뭉클 올랐습니다. 반가움 같은데 서러움처럼 눈물이 울컥 솟았습니다.

수진이가 방에 들어와서 불을 끄고, 굳어있는 민영이의 손을 잡아서 이끌었습니다.

아~! 처음으로 느껴보는 친구의 따뜻한 손길! 마치 엄마의 손길 같은데, 이상하게 더 향기롭고 달콤했습니다.

언제 떠서 그렇게 하늘을 달렸는지, 서쪽에 기울어서 뜬 상현달이 가던 걸음을 멈추고 한껏 오른 축제 분위기를 내려다보고 있었습니다.

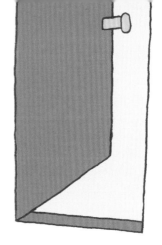

　나무 사이로 엮은 색등은 울타리로 둘러 서서, 초대 받은 손님처럼 색색으로 반짝였습니다. 또 어떻게 그렇게 한 순간에 불꽃이 타오르는지, 모닥불빛에 일렁이는 아이들 모습이 만화영화에서 본 인디안 같았습니다.

　체육선생님이 인디안 차림을 했습니다. 인디안 조끼를 입고, 이마에 색색으로 엮인 머리띠를 둘렀습니다. 그리고 큰북을 둥 둥 둥 쳤습니다. 북소리가 마당 가득히 울리고, 산 그림자가 다가와서 나무들과 함께 춤을 추었습니다. 인기 높은 만화영화의 주제가가 울리고, 아이들이 손뼉을 치며 합창을 했습니다.

　- 아~, 이것이 불꽃 축제구나! -

　민영이가 처음 경험하는 대단한 일이었습니다. 그래서 두려움과 흥분이 교차해서 가슴이 뜨거웠습니다.

　갑자기 북소리가 멈췄습니다. 그리고 북을 치던 체육선생님이 원 안으로 뛰어나와서 아이돌 같은 몸짓을 했습니다. 북채를 대신 받아 쥔 6학년 주임선생님이 빠르게 북을 쳤습니다. 지시가 따로 없는데도 아이들이 모두 일어나서, 누구에게 질세라 광란 같은 몸짓을 했습니다.

민영이도 앉은 채로 북소리에 맞춰서 몸을 작게 움직였습니다.

구령도 질서도 없는 축제 열기가 마당에 가득 차오르고, 산과 계곡과 하늘에까지 닿아서, 산자락을 맴돌던 바람이 달려와서 오색 울타리를 흔들었습니다. 땀이 흘러서 온 몸이 흠뻑 젖을 때까지 모두가 그렇게 열기를 태웠습니다.

그 때 문득 호루라기가 울리며 고조된 공기를 갈랐습니다. 호르르륵~!

"이제부터 여러분이 기다리던 장기자랑 시간이다. 내가 들고 있는 이 소고가 바톤이고, 자기에게 소고가 오면 자기 순서다. 모두 주저 없이 뛰어나와서 숨겨둔 장기를 마음껏 보여주기 바란다. 시작 신호는 따로 없고, 두 번씩 두 번 크게 치는 북소리가 끝내는 신호다. 각자 마음 속에 바톤을 넘겨줄 사람을 정해두었을 테니까, 이 밤을 홀딱 새워서라도 빠지는 사람이 하나 없게 진행을 할 것이다. 모두 각오는 해 두었겠지?"

선생님 손에 들린 소고의 태극무늬가 불꽃 속에서 선명하고 아름다웠습니다. 그리고 선생님이 전교회장인 승기에게 소고를 넘겨주며, 동시에 북소리가 둥둥둥 다시 울렸습니다.

"우와~, 민승기! 민승기! 민승기!"

함성 속에서 승기가 벌떡 일어나서 몸을 흔들며 나왔습니다. 북소리와 손뼉소리가 승기 몸짓에 맞추어서 더욱 빨라졌습니다.

소고는 다음다음으로 자꾸 옮겨 갔습니다. 춤 대신에 노래를 부르겠다던 아이가 잠시 소란을 잠 재워서 목소리를 높였지만, 결국 노래 부르기를 포기하고 몸부림을 치는 것 같은 춤으로 바꿨습니다. 아이들이 까르륵 웃으며, 앉은 자세로 몸을 더욱 신나게 흔들었습니다.

그런데 시간이 지날수록 민영이 마음이 차갑게 가라앉았습니다. 둘러 앉은 아이들 뒤로 한 걸음 물러나서 조용히 앉아 있었습니다. 무릎을 세워서 턱을 손으로 괴고 먼 눈길이 되었습니다. 밤이 점점 깊어가고 열기도 계속되는데, 민영이의 마음은 도리어 고즈넉했습니다.

태권도 동작으로 춤을 추는 아이.

재주넘기를 연속으로 해서 박수를 받는 아이.

두 팔을 벌리고 팔짓만 하다가 도망치듯이 자리로 들어가는 아이.

권투를 하듯이 전후좌우(前後左右)의 발짓으로 힘차게 주먹질을 하는 여자아이까지…

민영이는 이따금씩 곁눈으로 바라보지만 이미 감흥을 잃었습니다.

어느덧 캠프에 참가한 47명의 순서가 다 끝나 가서, 그만큼 민영이 순서가 되고 있었지만, 민영이는 그것조차 까맣게 잊은 텅 빈 마음이었습니다. 오히려 소란한 그 자리에 자신이 투명인간으로 앉아 있듯이 느꼈습니다.

그런데 문득 수진이가 소고를 받는 것이 눈에 띄었습니다.

- 우와~ 수진이잖아! -

순간 민영이 눈빛이 살아났습니다. 어떻게 그 때까지 수진이가 남아 있었는지, 도무지 이해가 되지 않았습니다.

수진이는 친구들에게 인기가 많은 아이였습니다. 그런데 마지막이 다 되어 가도록 아이들이 불러내지 않았다니.

아이들이 자신을 까맣게 잊고 있다고 느낀 민영이가 깜짝 놀랐습니다. 그럼 이 밤의 열기는 인기가 있든 없든, 얼굴이 예쁘던 밉던 차별이 없나? 그 걸 느낀 민영이 마음에 알 수 없는 힘이 솟았습니다.

수진이가 선녀 같은 몸짓을 했습니다. 발레를 배우고 있었는지, 발끝으로 서서 뱅그르르 몸을 돌리고, 날아오를 듯이 두 번 연속으로 점프도 했습니다. 그 모습에 민영이는 자신도 모르게 벌떡 일어났습니다. 모두가 수진이의 그 모습을 보고 있다는 기쁨이 마치 자신이 누리는 것 같았습니다.

– 수진아, 한 번 더, 더 높게 턴~해! –

민영이가 속으로 외쳤습니다. 그런데 아쉽게도 북소리가 둥둥 울렸습니다. 그리고 수진이가 스텝을 밟는 것 같은 걸음으로 민영이에게 다가와서 소고를 넘겨 주었습니다.

"와~, 이티다! 이티! 이티! 이티!"

갑자기 아이들 함성이 높아지고 합창이 되었습니다.

"야, 너는 이티 춤을 추라. 이티 춤! 이티 춤 이티 춤!"

한 아이의 외침이 신호되어서 합창이 더욱 높아졌습니다.

- 어쩌죠? 저는 못하는데요! -

미리 마음에 다짐했던 생각까지 깡그리 잊고, 민영이는 소고를 쥔 채 창백한 얼굴로 서 있기만 했습니다. 별들이 안타까운 듯이 응원의 빛살을 뿌렸습니다.

"너는 잘 할 거야. 그냥 북소리에 몸을 맡겨 봐!"

갑자기 속삭이는 수진이의 입김이 민영이의 귀를 간질였습니다. 그 소리에 민영이가 불끈 용기를 내었습니다. 귀를 때리던 아이들 함성이 하늘 속으로 빨려들 듯이 아련해지고, 민영이의 두렵던 마음이 사라졌습니다.

댕 댕 댕그댕 댕…

민영이가 소고를 쳤습니다. 한 번도 해 본 일 없는 몸짓을 무아경에 빠져서 하고 있었습니다. 수진이처럼 발끝을 세워서 빙그르르~ 빙그르르~ 턴을 하고, 두 팔을 넓게 펴서 나풀대었습니다. 두 팔을 하늘 향해서 펴고, 허리를 뒤로 젖혀서 바람 같은 몸짓도 했습니다. 밤하늘에 엄마 얼굴이 사진처럼 떠올라서, 얼굴 가득 웃음을 짓고 있었습니다.

갑자기 아이들의 함성이 멈추었습니다. 불빛에 반사되어서 반짝이는 민영이의 눈물을 아이들이 보았습니다.

이상하게 민영이가 마지막 순서였습니다. 그런데 선생님이 끝내는 북을 치지 않아서, 민영이 스스로 몸짓을 멈추고 자리로 돌아갔습니다. 그때야 비로소 모두가 잠시 호흡이 멈췄던 것을 깨달으며 길게 숨을 내쉬었습니다.

"강민영, 역시 넌 특별한 아이야!"

선생님이 때늦게 북을 여섯 번 둥둥 치고, 장기자랑의

끝을 선언했습니다.

"이제 축제의 하이라이트 명상의 시간이다. 지금까지 들떴던 마음을 얼음물에 담그듯이 차갑게 가라앉히고, 모두 조용히 눈을 감는다!"

선생님 음성이 뱃속 깊은데서 울려 나오는 것처럼 낮게, 띄엄 띄엄 침묵과 언어가 뒤섞이어 울렸습니다.

"나는… 나는 누구일까? 어쩌면 하늘에서 내려온 착하고 멋진 별 하나이지 않을까? 전능하신 분의 손길로 가 없이 순결하게 지음을 받은 땅에서 고움으로 살라 하시며, 수채화를 그리듯이 곱게 그려서 땅에 보내셨겠지. 그런데 나~ 그런 고움과는 먼 나를 느낀다. 내가 아닌 또 다른 내가 되어서 부모님을 슬프게 하고. 내가 해야 할 일에 한 없이 게으르고 마치 작은 악마가 된 것처럼 곱지 않은 일에 마음이 끌리는 심술쟁이다. 나 지금 어디를 향하고 있는 걸까? 땅에서 이뤄야 할 내 소명이 있으련만.자꾸 어둠 속을 헤맨다. 나 어릴 때 곱고 순결했지. 엄마의 미소에 가없이 행복했고, 아빠의 지친 어깨를 보며 가슴이 저렸는데. 아이가 자라는 게 이런 것이었을까? 스스로 가슴팍에 먹물 뿌려서 낙서하고 검은

그 흔적을 강인함처럼 느껴서 쾌재도 하는 이 일그러짐
이 진정 내 모습일까?"

물기를 품은 듯이 떨려서 울리는 선생님의 음성은 이때
까지 들어보지 못한 낯선 목소리였습니다. 숨을 고르듯이
잠시 말을 멈춰서 침묵이 흐르고 있을 때는 귓속에 바람결
이 휘이~ 휘돌고, 불길 속에서 나무가 타는 탁, 탁 소리가
천둥 같이 귀를 때렸습니다.

– 정말 우리가 하늘에서 내려왔을까? 하늘의 전능하신
분이 한 폭의 아름다운 수채화를 그리듯이 날 위한 계획
을 세워서 땅에 보내셨고? –

선생님은 아이들이 잊고 있는 마음 깊은 곳의 생각을 일
깨우는 작전을 펴는 듯했습니다. 그런데 민영이는 선생님
의 그 말씀이 생명탄생의 비밀을 말하는 것처럼 들렸습니
다.

– 우리 모두 땅에서 이뤄야 할 특별한 임무를 받고 내
려온 별 일 수 있어. 생김새나 외형적인 조건으로 귀천
(貴賤)이 나뉘는 게 아닐 거고! –

스스로 찾는 그런 마음이 자신을 위로하는 몸부림인 것
을 느끼는 민영이였습니다. 그래서 다시 슬펐습니다. 어쩌

면 생김이 못 난 데에다가 땅에서 이뤄야 할 특별한 사명 조차 받지 못하고 태어난 것 같은 자괴감이 슬픔의 쓰나미가 되었습니다.

- 어떻게 이유를 붙여도 내 생김새는 슬픔이야. 이 캠프가 내게 기회를 준다고 느꼈지만, 난 여전히 슬픔 자체야. 사람의 눈을 깊게 가리신 하나님의 손길은 저 높은 곳에서 오직 침묵으로만 바라보실 뿐이지! -

출렁이던 기쁨이 가슴 밑바닥으로 내려앉고, 마이크로 울리는 선생님의 목소리가 귓가에 아련했습니다. 뭐라고

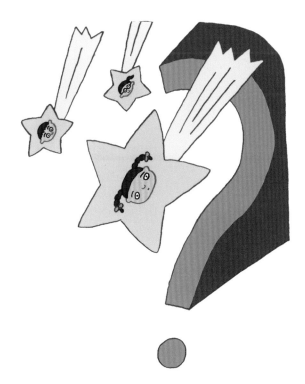

하시는지, 웅웅대는 소리로 귀에 들리는데, 이상하게도 여기저기서 아이들이 흐느꼈습니다. 밤이 깊어서 마당의 불꽃이 숨을 죽여 어느새 빨간 불더미가 되고, 재가 덮이고 있었습니다.

아이들이 하나 둘 부스스 일어나서 숙소로 들어 가고 마당은 금방 텅 비었습니다. 선생님의 모습까지 보이지 않고, 아저씨 한 분만이 모닥불을 점검하고 있었습니다.

"얘, 너도 어서 숙소에 가서 한숨 자거라. 아마 내일은 많이 피곤할 거다!"

등을 두드리는 아저씨 손길에 민영이가 화들짝 놀라서 몸을 일으켰습니다. 하지만 잠이 올 것 같지 않아서 계곡을 향해서 흐느적 흐느적 걸어갔습니다.수진이와 함께 있었던 바위를 찾아갔습니다

밤바람이 차가운 바위 위에서 민영이 혼자 밤하늘을 바라보았습니다. 그리고 방금 끝마친 캠프 화이어에서의 자신모습도 돌아보았습니다.

'난 어떻게 그렇게 춤췄지? 마치 내 몸에 날개가 달린 것 같았어. 수진이로 변한 것처럼 높게 뛰어오르고 너울거렸어. 그런데 아이들이 놀란 눈으로 바라보았어. 여전히 못생긴 얼굴을 보는 거겠지만, 다른 때와는 다른 눈빛이었어. 하지만 그게 무슨 의미겠어? 내가 요술을 통과한 것 같이 새 얼굴이 된 것도 아닌데!'

매미는 어둠 속에서 여전히 울었습니다. 혼자 우는 것 같은 소리가 올챙이처럼 꼬리를 길게 남기며 산자락으로 오르고 있었습니다. 마치 메아리도 되지 못하는 슬픔인 것처럼 여운을 길게 흘렸습니다.

민영이는 문득 캠프장에 도착한 날 오후, 산책길에서 잡은 대나무벌레가 생각났습니다. 반경 스무 걸음 이내로 움직이는 규칙을 지키며, 특이한 벌레나 식물을 찾는 활동이었습니다.

아이들의 처음 의욕이 대단했지만, 산 중턱까지 오르다가 발길을 돌리기까지 별 성과가 없었습니다. 그런데 되돌린 걸음이 숙소에 가까이 이를 때, 갑자기 한 아이가 소리쳤습니다.

"선생님 이것 벌레 맞죠? 꼭 대나무도막 같은데, 갑자기 꿈틀거렸어요. 무슨 벌레죠?"

아이가 내미는 벌레를 선생님이 오히려 놀란 눈으로 바라보았습니다.

"정말 대나무도막과 똑같이 생긴 벌레구나. 이거 뿔처럼 보이는 것이 더듬이 같은데. 이런 벌레는 선생님도 처음 본다. 누구 이 벌레 아는 사람 있니?"

선생님이 벌레를 보이며 아이들을 둘러보았습니다.

"선생님 그거 대나무벌레예요. 어릴 적에 외갓집 대나무 숲에서 본 적 있는데, 아빠 말씀이 사람 눈에 잘 띄지 않는 벌레라고 하셨어요. 그런데 대나무도 보이지 않는 이 숲에서 어떻게 살고 있죠?"

모두가 처음 보는 벌레를 놀란 눈길로 바라보았습니다.

"이곳 멀지 않은 어딘가에 대나무가 있겠지. 아무튼 보기 드문 벌레를 잡았으니 산책한 보람이 있구나!"

길이 6,7cm쯤 되는 여린 대나무도막 같은 놈이 몸에 대나무의 마디까지 분명하게 흉내 내었습니다. 놈의 먹이가 혹 대나무가 흘리는 진액이었다면, 잡은 지 이틀이 지난 지금쯤은 먹이를 먹지 못해서 이미 죽었을 것 같았습니다.

숨바꼭질의 귀재(鬼才)였을 놈이 어찌 그리 몸을 가릴 수 없는 곳으로 나와서 잡혔는지… 혹 더듬이를 휘휘 돌리며 잃어버린 길을 찾고 있었던 건 아닐까 싶었습니다.

그런데 민영이는 갑자기 그 벌레가 자신과 닮은 것 같았습니다. 생김이 특이해서 우주에서 내려온 '이티'로 불리는 자신! 아이들의 짓궂은 놀림이지만, 문득 그 말이 진짜일 것 같이 생각되었습니다.

엄마 아빠는 바보였습니다. 아빠가 희귀병을 앓고 있어서 오래 살지 못한다는 선고를 받았는데도, 엄마는 아빠를 사랑한다는 이유로 가족들 몰래 결혼을 했답니다. 결국 민영이가 태어나기도 전에 아빠가 돌아가시고, 아빠를 돌보기 위해서 간호공부를 한 엄마가 아빠가 계시지 않는 지금까지 병원에서 힘겹게 일을 합니다.

왜! 왜! 왜?

민영이는 자신의 그런 상황을 이해하지 못합니다. 아프고 슬프며, 억울하기도 합니다. 엄마는 친척들과도 왕래를 끊어서, 이제는 민영이만이 엄마의 유일한 가족입니다. 그런 상황이 민영이 마음에는 언제나 두려움입니다.

- 난 남들과 달라. 남들만큼 생각하고 노력하면 내가 설 자리는 죽어도 찾지 못할 거야. 그만큼 불쌍한 우리 엄마를 보살펴 드릴 길도 어려울 거고!' -

그렇게 진 무거운 짐은 오직 하나님만이 이유를 아실 것 같았습니다. 정말 우주에서 길을 잃고 내려온 것 일지라도, 그리 된 까닭이 분명 있을 것 같았습니다.

- "넌 잘 할 거야. 그냥 북소리에 몸을 맡겨 봐." -

어찌 할 바를 몰라서 난감히 서 있는 민영이에게 들려준 수진이의 그 말! 민영이에 대해서 아는 게 전혀 없는 수진이인데, 어떻게 그 말을 해주었는지. 몇 번을 다시 생각해도 의아했습니다.

아니, 그 순간의 자신을 알 수 없었습니다. 어떻게 수진이의 한마디 말에 그렇게 힘을 얻어서 한 번도 해 본일 없는 몸짓을 해내었는지, 자기가 아는 자신이 결코 아니었습니다.

생각해 보니 캠프화이어의 모든 상황이 이상했습니다. 마지막에 이르기까지 순서를 받지 못한 수진이의 일이 이상하고, 수진이가 넘겨주는 바톤을 자신이 마지막으로 받은 일까지 누군가 민영이를 위한 계획을 미리 짜 놓은 것 같았습니다.

– 왜죠? 저에게 힘을 내라는 건가요? 하지만 난 곧 이전의 외톨이로 되돌아갈 거예요. 설혹 이 밤에 특별했을지라도, 불꽃잔치는 이미 끝났고, 난 여전히 이티를 닮은 못 난 아이죠. –

"너 지금 거짓말을 하고 있어. 네게 뭔가 기회가 다가온 듯이 느끼고 있었잖아?"

달조차 구름 속에 숨어서 어둠이 더욱 짙고 고즈넉하던 그 때, 문득 낯선 음성이 민영이의 귀를 때렸습니다. 놀라서 주변을 둘러보는데, 언제 거기에 있었는지, 반딧불이의 빛을 닮은 맑은 빛살 뭉치가 눈에 띄었습니다.

– 설마 이 빛살이 내게 말을 했을까? –

주변에 아무도 없는 것을 아는 민영이어서 느낌이 먼저 머리를 때렸습니다. 하지만 너무나 어이없는 생각이라고 느낀 민영이가 무심히 몸을 일으켜서 빛살을 만지려고 했습니다. 그런데 뜻밖에도 빛살이 민영이의 손길을 피했습니다. 놀라서 다시 확인을 하려고 하자 빛살이 또 옆으로 비키며, 낯선 그 소리를 던졌습니다.

"내가 네 손 끝에 만져질 것 같아? 난 네 육신에 가려서 어둠으로 있던 네 영(靈)이야. 오랫동안 네가 찾아주기를 기다렸는데, 오늘 드디어 나를 불러 주었어."

그 밤, 그렇게 르아피를 만났습니다. 도무지 알기 힘든 말들을 듣고 또 들었습니다. 그래서 민영이 머리가 단박 열기를 품어 제 정신이 아니었습니다.

너무나 상상 못할 뜻밖의 상황!

알 듯 말 듯 끝내 두렵기만 한 말들!

무엇보다 그 밤 그런 상황으로 나타난 빛살의 정체는 또 뭔지!

분별보다 두려움이 앞선 민영이의 심장이 쿵쾅대고, 마침내 졸고 졸아서 삭아지는 것 같았습니다.

*신께서 감추신 만물 속의 신비는 찾는 자들에게 더 많은 것을 주시려고 열어두신 축복의 창고(倉庫)며.
  *1% 미만의 가능에 100%를 채우도록 능력을 주셨음도 사람에게 주신 신의 축복이며…

그런데 르아피가 마지막 던진 한 마디 말이 민영이의 귓부리에 끈끈하게 엉겨서 떨어지지 않았습니다.

– "넌 '잡스'를 신(神)의 영역에 손길을 넣은 사람이라고 말했어. 인간의 문명을 통째로 뒤집어서, 온 세계 사람들이 전자파를 이용한 놀라운 삶을 살게 했다고 했지. 그런 '잡스'의 쾌거(快擧)가 뭐겠어? 땅에서 굳은 의식에 매이지 않고, 눈으로 절대 볼 수 없는 것을 있다고

믿으며 찾은 용기의 승리잖아? 그걸 느끼는 네가 정작
자신의 고집은 버리지 못하다니!" -

그렇게 지적을 했지만, 민영이는 여전히 의심을 버리지
못했습니다. 아니, 확신 없이 덥석 따를 수 없는 두려움을
버릴 수가 없었습니다.

결국 르아피를 거부하는 게 안전하다고 느낀 민영이는
힘에 겨운 그 말을 더 이상 듣지 않기로 결단을 했습니다.
아예 눈을 감고 귀를 닫아서 갈팡거리는 자신의 마음을 싹
을 자르듯이 뭉개어서 지워버렸습니다.

어둠을 빛살로 밝히던 르아피가 사라지고 캄캄해진 산
자락을 민영이는 도망치듯이 내려 왔습니다.

"너 자신을 믿었던 그 순간을 돌아봐. 넌 정말 지금까지
의 네가 아니었지. 천사를 본 일 없는 아이들이 천사를
보듯이 널 바라본 것을 모르겠어? 이 기회에 네게만 있
는 남다른 점을 돌아봐봐. 설혹 그 점이 슬펐더라도, 슬
펐던 생각을 버리고 새로운 각도로 생각해 봐. 널 스스
로 믿은 마음이 새로움을 안겨 준 것을 알게 될 거야!"

뒤뚝거리며 산길을 줄달음쳐 내려오는 민영이의 귓가에

르아피의 목소리가 끈질기게 매달렸습니다. 귀를 닫고 마음을 닫아도, 줄기차게 귓가에 살아 있었습니다.

– 이제 네 말, 절대로 듣지 않을 거야. 아이들의 눈빛이 조금 달랐는지 몰라도, 여전히 못난 내 얼굴을 보았을 뿐인 걸 모를까 봐? 그런데 넌 그렇게 과장해서 날 유혹했어. 그게 네가 나쁜 영(靈)이란 증거야! –

그렇게 생각을 지우는데, 민영이의 다른 한편의 마음이 기회를 놓친 아쉬움을 품었습니다. 의심은 여전했지만, 한 번 눈을 질끈 감고서 따르고 싶던 유혹이었던 것을 부인할 수 없었습니다.

하지만 기회는 이미 떠난 듯했고, 다시 돌이킬 수는 없을 것 같았습니다. 그래서 후회가 가슴을 훑어서, 잘 울지 않던 민영이가 눈물을 뚝뚝 흘리며 산길을 내려왔습니다.

– 저가 진짜 내 영이었으면, 내 속 마음을 모를 리 없지. 그런데 그렇게 외면하고 사라진 것만 봐도 내 영이 아니었어! –

숙소에 돌아와서도 민영이는 잠을 청하지 못했습니다. 잠을 자려고 자리에 누워도 숨이 곧 턱에 차올라서 다시 일어나야 했습니다. 그래서 아예 잠든 아이들의 발치로 물러나서 벽에 몸을 기대어 쪼그려 앉아서 잠들 수 없는 밤을 지새우기로 했습니다.

아이들이 곤히 잠든 밤, 시간도 덩달아 잠이 들었습니다. 오직 민영이의 심장만이 초침(秒針)이듯이 쿵쾅거리고, 몸을 뒤틀며 뱉는 아이들 숨소리가 밤을 더욱 적막하게 했습니다.

― 어쨌든 난 유혹을 물리쳤어. 설혹 그 때문에 대단한 기회를 놓친 것이라도, 그걸 붙잡을 준비가 내게 없었으니까, 후회할 자격도 없는 거야! ―

"정말 그래? 넌 지금 후회를 하면서 억지로 자신을 속이고 있어. 슬픔이 컸던 만큼, 기회를 놓친 후회가 오래도록 널 후회하게 할 거야!"

허공에서 르아피의 목소리가 들렸습니다. 뜻밖에도 르아피는 아직 떠나지 않고 곁에 있었습니다.

민영이는 너무나 반가워서 어둠 속에 단박 눈길을 던졌습니다. 곁에서 자고 있는 친구가 강의 폭 만큼 틈을 열어놓은 공간에 르아피가 다가와 있는 것을 느낄 수 있었습니다.

민영이는 문득 르아피가 아빠였을 것 같은 생각을 했습

니다. 그 생각이 마음을 뜨겁게 달궈서, 와락 그 품에 안기고 싶었습니다. 어찌 그리 순식간에 모든 의심이 사라지고, 잠시 노여웠던 마음까지 깡그리 잊고 어리광까지 부리고 싶은지.

－ 그 말들 너무 어려웠어. 무엇이 낡음이고 고집인지 모르겠고, 자꾸 깨뜨리고 벗으라는 말은 너무 무서웠어. 난 그렇게 그 말을 따를 준비가 없었어! －

아빠일지 모르는 르아피가 곁에 있다는 생각만으로도 힘을 얻은 민영이가 마음을 열어서 투정처럼 말을 뱉었습니다.

그런데 이상했습니다. 민영이의 말이 어떻든 속 마음을 알고 있을 르아피가 대꾸를 하지 않았습니다. 그래도 민영이는 르아피가 곧 대꾸를 해 줄 것으로 여겨서 잔뜩 신경을 모아서 귀를 기울였습니다.

똑딱 똑딱 똑딱… 시간이 한참 흐르는데, 르아피의 대꾸가 없는 사방은 고요했습니다. 비로소 민영이는 르아피가 정말 사라졌다고 느꼈습니다.

－ 그렇게 사라져버릴 거면 왜 다시 나타났는데! －

민영이의 눈에서 눈물이 울컥 솟았습니다. 비로소 자신

의 속마음이 의심보다 르아피 말에 기대를 걸었던 것을 깨달았습니다.

하지만 마음이 그렇고도 섣불리 다가가지 못했던 자신의 갈등을 외면한 르아피에 대한 배신감은 너무나 컸습니다. 노엽고 서러워서 저절로 쏟아지는 눈물을 손등으로 훔치며 혼자 중얼거렸습니다.

― 아무리 노력을 해도 나를 봐 주는 사람은 없었어. 결국 내 영이라던 너조차 똑 같았어. 그럴 거면서 마음에 슬펐던 점이라도 다시 살펴 보라고? 내 영이면 나를 잘 알텐데 어떻게 그런 말을 하지? 지우고 털어버려도 시원찮은 일을 다시 살펴보면, 더 슬플 밖에 얻을 게 없는데. 왜 내게 그런 말까지 했지? 난 이미 슬플 만큼 슬퍼와서 너무 지쳤어. 그런데 넌 그런 내 모습을 바라보고 즐기려 한 거야? 왜지? 도대체 네 정체가 뭐야? ―

― "그렇게 투정해서 후회가 만회되겠어? 차라리 솔직하게 다시 나타나 달라고 부탁을 해보지 그래?" ―

갑자기 호령하는 것 같은 소리가 귀를 때렸습니다. 그 소리가 자신의 가슴팍에서 터져 나온 것을 민영이는 알았습니다.

– "왜 꼭 예뻐야 하는데? 양쪽 눈이 조금 뒤로 물러나서 간격을 넓혀 있으면, 그만큼 시야가 넓지. 너 스스로 인정하는, 남보다 생각이 깊고, 남을 배려하는 점은 어떻게 얻었지? 너무 외롭고 슬퍼서 차라리 낮은 것을 체념해서 착하고 싶던 마음이지 않았어?"–

마음의 외침이 그랬습니다. 하지만 민영이는 그 낮은 것이 너무 싫어서 강하게 돌이질을 쳤습니다. 평생을 그렇게 낮고 슬프게 산다는 것이 너무 억울하다는 생각이었습니다.

그런데 이상했습니다. 밤 내 듣고 들어도 알 길이 없던 르아피 말의 뜻이 어렴풋이 느껴졌습니다. 무언가가 마음을 두드렸습니다. 밤하늘의 구름그림이듯이 어디에서 본 것 같은 흐릿한 영상(靈像)으로 어둠 속에 떠올랐습니다.

– 뭐지? 하지만 지금 너무 졸려! 우선 한 숨 자고서 내일 생각… –

민영이는 쏟아지는 졸음을 주체 못하고, 무슨 말을 하는지 스스로 알지 못하며, 입 속 말을 웅얼거렸습니다. 그리고 그 중얼거림도 채 마치지 못하고, 쓰러지듯이 아이들의 발치에 누웠습니다.

그림 · 박현숙

선한 목자

    2박 3일의 캠프를 마치고 귀가하는 날은 조금 늦잠을 자도 좋다는 허락을 받았습니다. 그런데도 아이들은 새벽부터 눈을 뜨고 소란이었습니다. 그래서 민영이도 졸린 몸을 일으켰습니다. 하지만 피곤을 품은 몸이 천근(千斤)처럼 무거웠습니다.

    - 드디어 이곳을 떠나네! 지난 밤 일은 더 이상 생각하지 않을 거야. 잠이 들지 않은 듯했어도, 나도 모르게 졸다가 꿈을 꾸었던 일일 거야. -

    생각을 그렇게 정리하면서도, 무척 놀랍고 두려운 일을

겪은 느낌은 지우지 못했습니다. 그래도 애써 꿈을 꾸었다고 마무리를 지었습니다. 그래야 달라진 것이 전혀 없는 여전한 자신으로 되돌아 갈 수가 있을 것 같았습니다.

아침 식사를 마치고 잠시 자유시간이 주어졌을 때, 아이들이 평소와 다르게 민영이를 흘낏거리는 눈길로 자꾸 바라보았습니다. 그래도 따로 던지는 말은 없어서, 민영이는 아이들이 이전처럼 자신을 곁에 두고도 없는 듯이 상관하지 않으려는 것으로 느꼈습니다. 그래도 이상하게 마음이 아프지 않았습니다. 그냥 빈 마음으로 축제가 끝난 마당을 물끄러미 내려다보았습니다.

"우와~, 찐 감자다!"

누군가가 외치자 아이들이 모두 창에 매달렸습니다. 거기 체육 선생님이 빨간 프라스틱 소쿠리에 김이 모락모락 오르는 찐 감자를 가득 담아서 양 팔로 들고 버스에 오르고 있었습니다.

그리고 곧 마당에 집합해서 집으로 향했습니다. 그런데 아이들은 무엇이 그리 고됐는지, 차가 움직이자마자 졸기 시작했습니다. 그래서 버스 혼자 한참을 달리고, 서울이 가까워지며 도로에 차량들이 가득 차서 속도를 내지 못했습니다. 그래서 선생님이 고개를 길게 빼고 연신 도로를 살폈습니다.

"기사님, 길이 많이 막히네요. 아무래도 이번 휴게소에 잠깐 들려서 아이들 용변도 보게 할 겸 잠시 쉬었다가 가시죠."

그렇게 버스가 휴게소로 진입하고, 잠을 깬 아이들이 와르르 버스에서 내렸습니다. 그런데 민영이는 차창 밖에 눈길을 던진 자세로 꼼짝을 하지 않았습니다.

"강민영, 너도 잠시 바람 쐬고 들어오지 그러니? 화장실도 다녀 오는 게 좋을 거다."

선생님의 말씀에도 민영이는 여전히 생각에만 골몰했습니다.

― 꿈을 꾼 게 아니면 망상(妄想)이었나? 누구나 한 가지 생각에 너무 몰두하면 망상을 본다고 했어. 물론 일시적인 착란이겠지. 하지만 착란이라도 르아피를 본 것은 다행 같아. 생각을 돌려서 반대쪽으로 살펴보고, 눈으로 보는 시각을 뛰어넘어서 눈에 보이지 않는 것을 바라보는 것은 참 좋은 착안점이야. 내 눈이 남보다 더 간격을 품었으면, 시야가 그만큼 넓을 수 있는 생각도 괜찮지.

어차피 바꾸지 못할 문제니까, 그렇게 좋은 쪽으로 생각을 돌리는 것을 르아피가 확실하게 가르쳐 주었어!-

그렇게 마음을 돌려서일까? 민영이는 다시 졸음이 쏟아졌습니다. 눈이 저절로 감기고, 알 수 없는 미소까지 얼굴에 담았습니다.

아이들이 버스에 오르다가 잠든 민영이를 보았습니다.

"쉿, 조용~. 이티가 잠들었어. 내가 발표할 굉장한 뉴스가 있으니까 귀를 기울여 봐. 이 이티 소녀가 밤마다 숲속으로 나가서 우주인을 만난 거 너희 모르지? 물론 내가 직접 본 건 아닌데, 캠프 온 첫날 밤도, 또 어젯밤에도 이티가 남 몰래 사라졌다가 새벽에 들어왔대. 어쩜 밤마다 우주인을 만나서 우주를 한 바퀴 돌고 왔을지도 모른대. 얘 얼굴 좀 봐봐. 얼마나 피곤했는지 잠이 깊이 들었어!"

그 소리에 영주가 손을 절래절래 흔들며 말을 가로 막았습니다.

"너 또 얠 놀리는 거지? 얘도 우리 친구야. 그러니까 못된 장난은 사양이야!"

그러자 아이들이 여기저기서 동의를 했습니다. 그리고

누가 시작했는지, 평소에 모범을 보여준 민영이의 이야기
를 앞 다투어 말했습니다. 그때 수진이 곁에 앉은 서윤이
가 몸을 일으키고 정색으로 말했습니다.

"너희 어젯밤 일이 생각나지 않니? 우리 모두가 평소대
로 얘를 골려주고 있었어. 그런데 얘 모습이 평소와 많
이 다르지 않았니? 나도 얘를 별로로 생각했었어. 그런
데 어젯밤에 평소에 그랬던 내가 부끄러웠어. 우리 이제
얠 왕따 시키며 놀리는 일을 그만 하자. 우리 모두 얘가
괜찮은 친구라는 걸 진작부터 알고 있었잖아?"

서윤이의 말에 수진이가 박수를 쳤습니다. 그리고 몇 몇
아이들도 함께 박수를 쳤습니다.

"어쭈~, 우릴 아주 나쁜 놈 취급을 하네. 그래 너희들 착한 건 알겠는데, 진짜 내가 하고 싶은 말은 애가 정말 이티 같은 거야. 그렇지 않으면 깜깜한 밤중에 어린 여사아이가 혼자 몰래 사라졌다가 새벽에 들어오는 게 뭐 같니? 그것도 두 밤 내내 그랬다잖아!"

그때 수진이가 일어나서 검지를 입에 대고 쉿! 하며, 숨 죽인 나직한 목소리로 말했습니다.

"민영이가 이틀 밤 내내 찾은 곳을 내가 알아. 작은 폭포가 있는 곳에 있는 평평한 바위를 찾아 갔었어. 왜 혼자서 밤마다 거길 찾았겠니? 함께 놀아주지 않는 우리 때문 같지 않아? 난 어젯밤에 춤을 추는 민영이 얼굴에서 흐르는 눈물을 보았어. 알 수 없는 어떤 힘에 이끌리듯이 평소와 딴판인 그 모습을 볼 때, 난 갑자기 눈물이 나고 가슴이 찡~ 했어. 그리고 문득 애가 우리와 다른 특별한 친구일 것 같은 생각이 들었어."

그때 선생님이 차에 오르며 아이들의 이상한 분위기를 눈치 채고 의아한 표정을 지었습니다.

"너희들 싸우니?"

"아~뇨!"

아이들이 동시에 큰 소리로 대답을 하고, 단박 제 자리로 돌아갔습니다.

그런데 민영이는 잠이 덜 깬 상태로 진작부터 아이들의 이야기를 듣고 있었습니다. 눈을 떠서 아이들의 말을 멈추게 하고 싶은데도, 잠이 덜 깬 때문인지 눈을 뜰 수가 없었습니다. 깨고 싶어서 몸을 비틀었지만, 그건 그냥 잠결의 생각일 뿐이었습니다.

- 르아피 도와줘. 내가 태어나기 전의 세상으로 날 데려다 줘. 한 번도 본 적이 없는 아빠지만, 그 곁으로 가고 싶어! -

민영이는 아이들의 눈길 속에, 그 소란한 말들 속에 젖어 있는 자신의 몰골이 싫었습니다. 그대로 그 자리에서 연기처럼 사라지기를 소원했습니다. 하지만 잠의 밧줄이 민영이를 꽁꽁 묶어서, 작은 몸부림도 칠 수가 없었습니다. 그래서 입 밖으로 뱉어지지 않는 비명을 혼자 고래고래 질렀습니다.

"좋아. 나를 타고 자유롭게 날아 봐!"

언제 왔을까? 민영이 눈 앞에 르아피가 우뚝 서 있었습

니다. 하지만 처음 볼 때의 모습이 아니었습니다. 하늘 빛
의 동그란 윤곽이 뚜렷한 모습으로 눈부시지 않은 맑은 빛
살을 줄기줄기 내뿜었습니다.

"널 돕지 못해서 안타까웠는데 불러 주어서 고마워. 이
제 내게 널 맡겨 봐! 날 비행선으로 여겨도 좋아!"

르아피가 투명한 연무질의 몸을 열어서 민영이를 안았
습니다. 그 순간 민영이의 코끝에 향긋한 냄새가 스미며,
햇솜에 안기는 것 같은 포근함이 온몸을 감쌌습니다.

어느새 민영이도 연무질이 되었습니다. 새털처럼 두둥
실 허공으로 떠올라서, 이젠 민영이 자신도 르아피도 보이
지 않고, 오직 의식만 또렷했습니다.

민영이 눈길에 끝없이 벋어있는 선(線)들이 보입니다. 앞뒤로 끝이 보이지 않는 직선(直線)들이 옆으로 교차하는 횡선(橫線)들과 엮인 것처럼 촘촘히 펼쳐 있습니다. 마치 잘 짜인 커다란 융단 같은데, 눈길을 집중해서 바라보니까 선 선 사이가 서로 엮이지 않는 넓직한 공간을 품었습니다.

더 집중해서 바라보니, 눈이 단박 성능 좋은 망원경으로 변해서, 선 사이를 넓히고 좁히며 눈의 초점을 맞추어서 보여줍니다.

끝없이 벋은 직선은 선(線)이 아닙니다. 사이 사이가 끝 모를 너른 세상이고, 허공에서 출렁이는 별나라입니다.

유난히 고운 빛을 발하며 가까이 보이는 선(線)에서는 엄장한 산악이 굽이굽이 보이고, 고즈넉한 은빛 해변과, 너른 초원과, 빌딩이 늘어선 도시도 보입니다.

그리고 선 위를 감싸서 도는 찬란한 빛들이 보이는데, 그 빛 하나 하나가 의식만으로만 있는 생명입니다.

민영이는 그 생명들이 궁금했습니다. 공기 한 알 같고도 찬란한 그들의 모습이 더 뚜렷이 보이는데, 연무 같은 수정체 속에 머리가 있고, 수정체 둘레에 민들레 씨앗 같은 털이 송송히 보입니다. 작디 작은 팔과 다리가 보이고 또

랑또랑한 눈도 보이는데, 그 눈이 민영이의 눈을 딱 닮았습니다. 그 생명들이 바람결을 타는 것처럼 선(線) 주위에서 너울대며 출렁입니다.

아~, 갑자기 너른 들판이 눈 앞에 보입니다. 이름 모를 꽃들이 활짝 피어있는 꽃밭 같은데, 연무로 날아서 안개 같은 생명들을 향해서 꽃들이 각각의 향기를 뿜어 보냅니다. 향기로 나래를 펴서 생명을 감싸는데, 점(点) 같은 꽃들이 눈을 뜨듯이 입을 벌리듯이 뽕~ 열리고, 뽕~ 닫힙니다.

아~, 꽃 속으로 생명이 스밉니다. 뽕, 뽕 거리는 꽃 사이로 이리 빙글 저리 빙글 너울거리던 생명이 어느 타임. 뾰옹~ 함몰되듯이 꽃 속에 스며서 사라집니다.

'뭐지? 뭐지?'

이제 무엇이든지 모르는 것 없이 알게 된 민영이인데, 이상하게 뽕~ 뽕~ 사라지는 생명의 일을 알지 못합니다. 느낌은 있는데. 알 듯 말 듯 합니다.

아하! 뒤늦게 무릎을 칩니다. 유난히 고운 빛을 뿜으며 가까이 보이는 선이 지구이고 뽕 스며서 사라지는 순간이 한 생명이 호흡을 받아서 땅에 내리는 찰라의 정경입니다.

또 자막이 바뀌는 것처럼 또 다른 커다란 화면이 눈앞에 펼쳐집니다. 놀라서 바라보는 민영이의 눈길에 컴퓨터를 만지는 것 같은 생명들이 보이는데, 놀랍게도 그들이 땅에서 살 자신의 조건을 스스로 골라서 화면에 입력하고 있습니다.

– 거기는 욕심이 무게가 되는 규칙이야! –

따로 설명을 듣지 않은 민영이지만, 그 곳의 규칙을 단박 알아챕니다. 그리고 뽕뽕거리던 꽃밭의 규칙까지 뒤늦게 깨닫습니다.

– 땅에서 살 좋은 조건은 멀리 날아야 만날 수 있어. 하지만 생명들이 눈앞의 것에 유혹되어서 욕심 채우다가 무거워진 몸이 멀리 날지 못하고, 가까운 곳에 스미고 있어! –

안타까운 민영이가 소리를 칩니다.

– 욕심부리지 마. 멀리 날아야 좋은 조건을 만날 수 있어! –

하지만 끝없이 울리는 경보(京報) 소리에도 생명들은 작은 움찔거림도 없이 눈에 보이는 것들을 움퀴기에 바쁩니다.

– 땅에서 채워질 조건이 영향이 크다고 여기지만, 첫

번의 선택이 더 중요해. 그러니까 욕심을 버리고 먼 곳
까지 날아서 그 곳의 향기 속으로 스며! ―

민영이가 규칙을 다시 확인시키려고 외치지만, 의식으로
만 있는 민영이가 소리를 내지 못해서 도울 길이 없습니다.

"민영아 다 왔어. 그만 일어나,"

친구가 깨우는 소리에 민영이가 눈을 번쩍 뜹니다. 같은
자리에 앉았어도 나누는 이야기가 없던 소연이가 다정한
눈길을 던지고 있습니다.

"너, 아직도 졸립구나? 네가 자는 동안 우리끼리 네 이
야기를 나누었어. 모두가 널 좋은 친구라고 했어. 이제
부턴 나도 너와 가까이 지내고 싶어. 우리 좋은 친구가
되는 것 어때?"

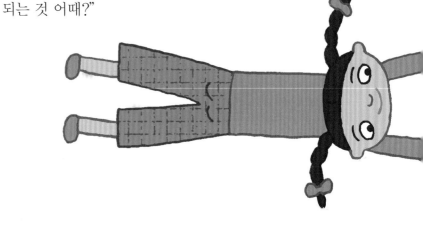

소연이의 뜻밖의 말에 민영이가 언뜻 대답하지 못합니다. 다만 활짝 웃음을 지어서 말 없이 소연이의 손을 잡아 줍니다.

민영이 기분이 상쾌합니다. 태어나서 처음 맛보는 멋진 기분입니다. 지금까지 억지로 입가에 그리던 빈 웃음 대신, 절로 그려지는 함박 웃음을 짓습니다.

그토록 오래 지녀온 슬픔과 외로움을 까맣게 잊습니다.

오히려 그 때 그렇게 품었던 슬픔이 부끄럽습니다. 그나마 혼자 남 몰래 품어온 것이 다행입니다. 그 슬픔을 엄마에게조차 밝히지 못했는데, 이젠 굳이 밝힐 필요가 없는 민영이의 새 비밀입니다.

민영이 얼굴에 핀 웃음꽃이 향기를 내뿜어서 향기가 코 끝에 스밉니다. 숨을 쉴 때마다 뭉턱 뭉턱 스며서 가슴팍을 적시고, 눈물까지 솟게 합니다.

– 르아피야 고마워! 넌 내가 그린 마음의 그림이었어. 난 내 삶을 내가 선택했다고 믿고 싶었어. 비록 지금 힘들어도 훗날의 아름다움을 준비하는 일이길 바랬지. 어쨌든 널 만나서 다행이야. 내가 바래온 마음을 단번에 100%의 믿음이 되게 해 주었어. 어젯밤 잠결에 희미하

게 보았던 그림. 이제 생각났어. 많은 양떼를 멀리 두고, 길 잃은 한 마리 양을 찾은 선한 목자의 그림이었어. 언젠가 엄마가 주신 크리스마스 카드의 그림이야. 네가 한 말들이 내 생각이었고, 또 내가 바래온 것을 이제 분명히 깨달아. 어정쩡히 믿는 믿음 말고, 100%를 채운 믿음을 품어서 천국까지도 침노하는 사람이 될게. 그리고 눈에 보이지 않는 것을 바라보는 영의 시각으로 사는 것도 잊지 않을게! -

버스가 종착지인 학교 운동장에 들어섭니다. 아이들을 기다리던 가족들이 버스를 향해서 우르르 몰려듭니다. 그 속에 민영이 엄마도 보입니다. 벌써 민영이를 찾아서 손을 흔듭니다.

"엄마~!"

민영이가 손을 번쩍 들고 힘차게 흔듭니다. 엄마는 단박 민영이가 캠프를 잘 지낸 것을 알아챕니다.

"너 잘 지냈구나. 싫다면서 떠난 거라 걱정을 많이 했는데, 오히려 네 얼굴이 놀랄 만큼 예뻐졌어!"

엄마가 팔을 벌려서 민영이를 안아줍니다. 아파트 숲 사이로 넘어가던 해님이 따뜻한 미소를 한껏 보냅니다.

단바르의 선물

초판 1쇄 · 2019년 4월 25일

지은이 · 박성옥
그린이 · 김천정
펴낸이 · 박종현
편집장 · 박옥주

펴낸곳 · 도서출판 세계문예
등록번호 · 제7-180호
등록일 · 1998년 5월 27일
주　소 · (우)01446 서울특별시 도봉구 도봉로 109길 78
전　화 · 02-995-0071~3, 02-995-1177
팩　스 · 02-904-0071
이메일 · adongmun@naver.com
홈페이지 · www.adongmun.co.kr

ISBN 978-89-6739-141-6 73810

＊이 도서의 국립중앙도서관 출판시도서목록(CIP)은 서지정보유통지원시스템 홈페이지(http://seoji.nl.go.kr)와
국가자료공동목록시스템(http://www.nl.go.kr/kolisnet)에서 이용하실 수 있습니다.(CIP제어번호: CIP2019013638)